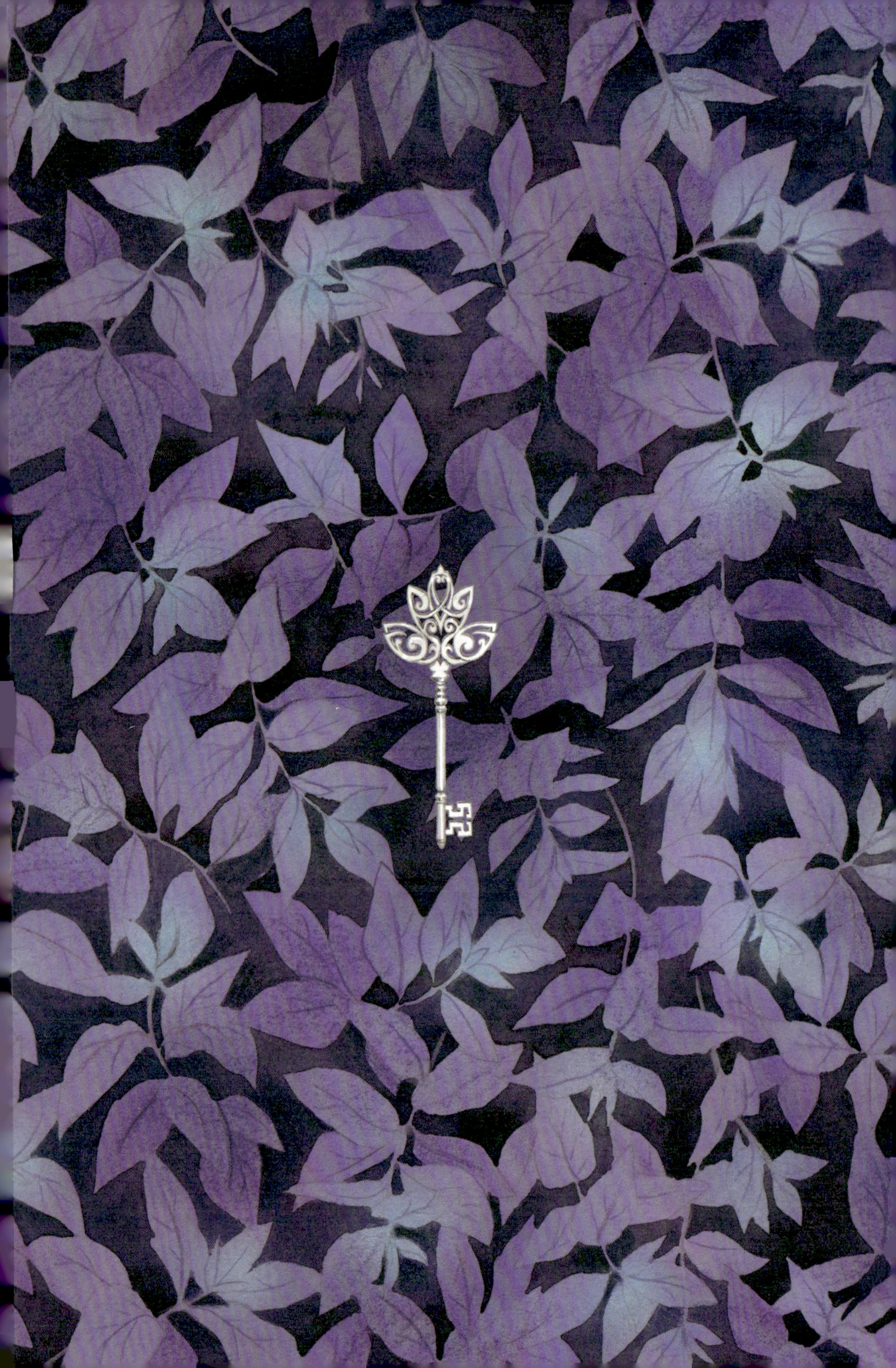

奧拉與花葉

The MAP of LEAVES

追尋真相的樹葉地圖

亞羅・湯森｜著
Yarrow Townsend

李貞慧｜譯

獻給布里迪·瓦茲

西港
WESTHARBOUR
弗利特沃特
FLEETWATER
草原
MEADOW
咆哮堰
ROARIN GWEIR
界森林
RDER WOODS
枯榆灘
DEAD ELM STRAND
西港路
WESTHARBOUR ROAD
IDRIS & CASTOR
伊德里斯與卡斯特
長沼地
LONG MOORS

因肯布魯克
INKENBROOK
紅衫
REDWOOD
榿木
ALDER
未知森林
UNTOLD FOREST
急流
RAPIDS
沼澤地
MARSHES
邊界森林
BORDER WOODS
奧拉的花園
Orla's Garden
海德館
Hind House
荊棘溪
THORN CREEK

目次

1

紫草

葉子：可製成治療發炎和感染的藥膏。
又名「編骨草」。

荊棘溪村早就該被廢棄。那是一個冷颼颼、潮溼、死氣沉沉的地方，木屋沿著一條泥濘的河流緊挨在一起，彷彿害怕掉進湍急的河水，或是被樹林吞噬。孩子們不適合待在這霧氣瀰漫的森林和荒蕪的沼澤。冬天漫長陰暗，灰濛濛地讓人難以忍受；沒有人期待裹兩件羊毛衫，堆疊柴火，撿拾落下的梨子，在霧裡生活。除了奧拉·卡森。

十二歲的奧拉擁有一頭深棕色的頭髮，一雙被荊棘劃傷的手，臉上的表情總是堅決地雙眉緊鎖。她身上穿著從未換過的男孩馬褲、散發蜂蠟味的油布外套，和一雙厚皮靴。她的家是個小小的木屋，以前曾是農夫存放木柴的地方。木屋位於村莊的邊緣，在黑刺李和蘋果樹纏繞的樹林間。奧拉以前和媽媽住在一起，媽媽過世以後，她獨自生活。她照顧一座野生花園，野生花園也照顧著她。她不需要其他人。

那天下午，在鵝灰色的光線下，奧拉凝視灌木叢，腿部膝蓋以下深陷在蕁麻裡。這是九月的第一天，季節正在更替。霧氣低垂，籠罩河面，花園盡頭的蕨類和紫草結滿蜘蛛網。在她周圍，植物低語，聲音彷彿在交錯的莖葉裡閃閃發光。

從莖上摘取！酸模喊道。

你需要不只兩片葉子。蓍草說。

不，從葉尖上取一點點就好！蕁麻堅持。

奧拉說：「我知道怎麼做藥膏。」她挑選蕁麻，用刀子小心翼翼修剪，在刺毛碰到她之前摘下葉子，塞進口袋。

「隊長」被她拴在木屋門廊，看起來很孤單。牠的一隻馬蹄受傷了，她得在傷口惡化前取出感染的地方。

牛筋草！紫色的柳穿魚草大喊。

蘩縷！銀扇草歡快地說道。

「嗯。」奧拉穿過雜亂的蕁麻，黑莓灌木勾住她的外套和馬褲。「也許吧，好嗎？」她一邊說，一邊剝掉帶刺的莖。「我有重要的事要做。」

她蜿蜒穿過扭曲的老蘋果樹，朝小溪走。「蕁麻、紫草、黏土。這些是我需要的。」

一定有效。紫草驕傲回應。

奧拉用袖子擦去鼻子上的霧氣，剪下紫草葉。她非常熟悉這些葉子——寬大、帶細小的刺毛。夏天時，紫草會開滿鈴鐺造型的淺粉色花朵，有些植株的花朵是紫色或白色的。厚實的葉片可以用來製藥——治療燒傷和瘀傷。有一次，她用浸泡過蜂蜜的紫草葉，像繃帶一樣纏在麻雀受傷的腿上，就像媽媽教她的。奧拉煮粥餵食麻雀，直到牠康復、飛走。

紫草總是有效。

希望第三次會成功。紫草說。

奧拉咬唇。「希望如此。」今年夏天，隊長的腳惡化了三次，每次她都按照媽媽教的方法治療。應該不會再復發才對。第一次，她加入大量的酸模。上個月，她添入向蘋果樹上的蜜蜂取來的蜂蜜。

不行——不夠！再多一點酸模！黑刺李樹籬說。

再多一點蓍草！金盞花喊道。

「好了，好了，我聽到了，你們知道的。」

奧拉撥開眼前的溼髮，在昏暗中仔細觀察紫草葉。它們比平常小，有黑色斑點。奧拉試圖用手指擦去，但斑點似乎成為植物的一部分。

這些葉子不好。蘋果樹下的苔蘚說。

還是可以用！紫草說。

你需要松樹。苦艾說。

松樹汁液、樹脂和焦油。松焦油！花園說話了。

「松焦油，沒錯。」奧拉還在想著紫草。她把葉子放進口袋，拖著沉重的腳步回到木屋。隊長朝樹籬張望、嗅聞。牠的鬃毛纏滿牛蒡刺，斑駁的毛髮沾滿泥巴。

「別想黑莓啦。」奧拉說給隊長聽，並在牠耳後抓撓，那是牠最喜歡的地方。

奧拉抬起牠毛茸茸的腿，檢查受傷的馬蹄。隊長掙扎一下，奧拉輕聲安撫，輕拍牠瘦削的身體。馬蹄散發難聞的氣味，後腳跟還有東西滲出。她從口袋掏出一捆葉子，試著挑出沒有黑斑的葉子。隊長興奮嗅聞。

松樹更好。苦艾嘀咕。

「先試試我的辦法吧。」奧拉從門廊的長椅下拿出石臼，將葉子搗成糊狀。

「完成啦。」她邊說邊加入灰白色黏土，看著它變成預期的綠色。「可以了。葉子沒什麼問題，只是過了最佳狀態。」

嗯。腳邊的酸模葉說。

是嗎？苦艾問。

「沒問題的。」奧拉做最後一次攪拌，抬起隊長的馬蹄，塗上綠色藥膏，用乾淨的亞麻布固定。藥膏顏色開始變得比平常深一些。

奧拉在馬褲上擦手。「下次逃跑時，離村子遠一點，那裡有太多的玻璃、釘子和麻煩。我不想失去你。」

隊長低頭聞腳，鼻子噴氣。

奧拉揚起一邊的眉毛。「看起來沒問題。你很快就會覺得好點了。」

植物在她身後低語。

「我能聽見你們說話，知道吧？」她說。

松焦油。植物異口同聲地說。

松樹和白蠟樹，煮到黏稠！常春藤說。

奧拉投以輕蔑的眼神。「我都說不了。」她擦了擦鼻子上的霧氣，把刀放回口袋。「隊長會沒事的。咖啡快要燒焦了，我還得去摘紅蘿蔔做晚餐。我不會去找松樹。我知道我在做什麼。」

但她知道常春藤是對的。多年來，常春藤守護著花園；它用粗壯的根牢牢地盤繞在木屋的地基上。

紫草不夠，常春藤說。**松樹，否則牠會死於感染。村子外的松樹，邊界森林裡的松樹。**

奧拉往荊棘溪的方向望。一條蜿蜒的小路從河岸延伸，一群深色的木屋被雨水浸溼，沿鵝卵石街道排列。燈亮了，酒館和小教堂周圍陰影聚集。更遠處，一排深色的松樹守護小鎮。奧拉手臂的汗毛傳來陣陣刺癢，雙腿沉重。

你害怕了。苦艾說。

「我不害怕。」奧拉嘟囔，但她的胃就像是打了結。每次她到村子，都沒有好事發生。

奧拉走進屋內，閂上身後的門。她為自己倒一杯橡果咖啡，在火爐旁暖腳。她的靴子在潮溼的空氣中散發裊裊蒸氣。她不時向外張望。隊長可憐地抬起一隻腳站著。藥膏慢慢滴在亞麻布上。奧拉想起有斑點的紫草葉，她嘆了口氣。火爐旁的木箱裡有媽媽的書。現在不適合翻閱。她可以靠自己。

黃昏降臨，野草低語，**飛鳥歇息**。

不能再等——**不能再等了**。犬薔薇喊道。

該出發了，鼠尾草說。**該出發了**。

奧拉喜歡隊長的黑眼睛和鼻息，儘管她從未對別人說過。對其他人來說，牠只是一匹馬——在蘋果樹旁吃草，為菜園施肥。但對奧拉來說，牠是朋友。除了植物，隊長是她唯一的朋友。她不能失去牠。

「好吧。」她看著那些樹說：「就用松焦油吧。」

2

歐洲赤松

樹汁：表淺傷口的消毒劑、驅蟲劑。
針葉：煮退燒茶。

奧拉沿著狹窄的小徑，走向邊界森林。這也是鹿走的小徑，沿著小溪蜿蜒曲折。沼澤旁的草又高又雜，霧氣在蜘蛛網凝結成小小的珠串。植物注視著奧拉。不同於野草花園的植物，它們把秘密藏得很深，竊竊私語。

獨自一人，它們低聲說。**你的馬呢？**

為什麼不走村裡的小路？

踏過沼澤和泥潭。

奧拉繼續前行。「有誰能告訴我哪裡有汁液多的松樹？」她大聲說道。

秋天來了。沼澤草回答。

「我知道。」奧拉氣呼呼地說，她調整背包，望向前方陰暗的森林。「你們都怎麼了？至少讓個路吧。」

奧拉拐彎，一隻烏鶇從灌木叢飛出，邊飛邊叫。小溪流向森林，繞過山腳。房屋沿山坡而建，燭光昏暗。山頂矗立著氣勢宏偉、有三層樓高的「海德館」，大門兩側各有一隻石鹿，院子一直延伸到溪邊。通往森林的秘密小徑到此為止：被石牆以及平淡無奇的草坪擋住，最遠處是一座伸向黑色水域的棧橋。奧拉翻過石牆，看向草坪深處的松樹，又看了看房子。

窗簾沒有拉上，人影在燈光下移動。溫暖的房子，讓霧中的奧拉突然感到一陣寒意。「海德館」的主人是荊棘溪村的監管人，伊尼紹文．阿特拉斯。媽媽曾說他是村裡最有錢的人，這也是西港治安官信任他，讓他掌管這裡的原因。媽媽對此嗤之以鼻，對奧拉說，**城裡的人總以為知道什麼是最好的**。阿特拉斯幾乎沒有來過，他大多數的時間都在西港，但那棟房子依舊很豪華。阿特拉斯的妹妹，約瑟芬．克勞和她的女兒阿里亞娜，一起住在那裡。奧拉可以確定她們正在享用鵝肉、蔓越莓和葡萄酒。她幾乎聞得到味道。

有那麼一瞬間，約瑟芬．克勞出現在窗前。她凝視窗外的河流，搖搖頭，拉上窗簾。

奧拉一邊盯著房子，一邊穿過草坪，朝森林奔去。

快跑！

安靜，安靜！

跑進森林，跑進黑暗。

森林像一片寧靜的海洋吞沒了她，只見輕柔的沙沙聲、咯吱聲，以及露珠從樹葉掉落的滴滴答答。奧拉注視逐漸變暗的森林，在白蠟樹、山毛櫸和橡樹間尋找松樹的蹤跡，她閉上雙眼傾聽。

越來越暗。它們說。

好久不見，聰明的女孩。一朵野玫瑰低語。

「你還記得我，感覺像不久之前見過。」奧拉說。

她感覺脈搏加速，想像自己是一個眼神明亮的獵人，就像以前和媽媽來森林覓食那樣。媽媽採集羊肚菌和木蹄層孔菌，奧拉跑啊跑的，揮舞樹枝，身上圍著搬運工人的藍色圍巾。搬運工人來自四面八方，在船上工作，換取黃金，叫媽媽「瘋子」和「女巫」，把她埋在森林某處……

小心腳下。纏繞在樹林間的忍冬發出嘶嘶聲。

前方的松樹瘦削而沉默。偶爾在風中嘎吱作響。奧拉注意到其中一棵松樹有淺色的疤，那是老樹枝掉落後留下的。樹汁從傷口滲出、凝結，有如琥珀色的血塊。

奧拉走上前，輕輕把手放在樹幹上。「請允許我取一點樹汁。為了隊長的腳。牠受傷了，可能會致命。謝謝你。」

奧拉爬上樹，穿過樹枝。她取出有些生鏽的鋸子。松樹沒有以任何她聽得到的方式表示反對。她鋸下一塊塊拳頭大小的凝結樹液，刀片輕鬆滑入，直到麻布袋裝滿，散發陣陣香氣。

「好了，我拿到需要的東西了。」她拍拍樹幹說。

奧拉停頓一下。她注意到樹皮有一處淡淡的黑色污漬，好像有人用墨水做記號。奧拉搖搖頭。天色漸暗，陰影欺騙她的眼睛。

風勢稍微變大，霧隨之消散——取而代之的是降下簾幕的黑夜。樹林發出嘎吱嘎吱的聲音，奧拉小心翼翼低下身子往下望，看到一件顯眼的藍色外套。

一個搬運工人。

她把臉貼近樹幹，緊緊抓住常春藤。

「他在做什麼？」她低聲問。

在尋找什麼。常春藤說。**迷路了**。

工人走來走去，眼睛看著地面。他小心翼翼移動，看起來很年輕——頂多是個青少年。奧拉覺得他看起來很熟悉——在昏暗的光線裡很難看得清楚。他跌跌撞撞地朝她的樹走來，她聞到他的外套沾有木柴燃燒的煙味，也有河水泥土，以及潮溼、腐爛和發熱的味道。

他沒有看到腳下的樹根，絆了一下，扶著奧拉的松樹站穩。他的呼吸不規則，她可以看見他捲髮下的汗珠，他抬頭看著樹枝，眼睛在潮濕的空氣裡發亮。

奧拉僵住，心臟怦怦跳動。她能感覺到手掌貼在樹上的汗水，她努力保持不動，緩緩閉上雙眼，竭力與森林融為一體。搬運工人嘆了口氣，咒罵幾句，然後——終於，踉踉蹌蹌地離開。

奧拉慢慢從樹枝間往下爬。「你應該提醒我的。」她一邊對常春藤說，一邊檢查樹根。它又軟又黑，就像她切割樹汁的樹皮。

她能聽到溪水流過沼澤的聲音，樹木喃喃低語。

「你們有事瞞我。」她對植物說。

森林沒有回答。奧拉緊握鋸子。她的手在顫抖。

「你們得讓我知道發生了什麼事。」憤怒的火花在她心中閃爍。但她知道這無濟於事。植物只能說它們看到的，而不是它們感覺到的。

「我會弄清楚的。」她的臉頰發燙。樹枝像手一樣伸到她的面前，奧拉揮手撥開，大步穿過森林。一切都不對勁。花園裡的植物要她來到這裡，但它們無法告訴她發生了什麼事。松樹上的黑色痕跡，和紫草葉的黑色斑點是一樣的東西嗎？

奧拉發現自己走回海德館。她匆匆穿過草坪，棧橋上有一盞燈在搖晃，橘紅色的火焰舞動著。一艘船繫在那裡，在蘆葦叢中漂浮。她回頭看森林，想知道搬運工人下船走了多遠。

不對勁。奧拉腳下的河邊雜草低語。很不對勁。

她匆忙來到水邊，手穿過長長尖尖的河草莖。

真的不對勁。它回應。

奧拉猛吸一口氣。不只是花園裡的紫草、森林裡的松樹。所有的植物佈滿污點，莖部全部發黑。

搬運工的船隻重重地撞上棧橋。奧拉的心砰砰狂跳。荊棘溪的植物出了問題，而她卻不知道該怎麼辦。

3

鼠尾草　　將葉子浸泡在熱水，可以緩解喉嚨不適。

植物會生病，媽媽曾告訴她。**植物和人一樣**。

荊棘溪的土地潮溼，農作物生病並不奇怪。火傷病、葉銹病，馬鈴薯會腐壞，梅花會枯萎，蘋果會潰爛。但媽媽知道該怎麼辦。她們會剪掉蘋果的老枝，讓新枝生長；採摘掉落的藥草，在火堆旁烘乾；小心翼翼蒐集種子，一邊散步，一邊撒在村莊周圍，等待在春天綻放的花朵。媽媽能發現看起來不太對勁的葉片，剪掉它，讓植物健康生長。但奧拉從來沒有見過這種狀況。野草花園和邊界森林的植物，從未感染過疾病。

她打算做松焦油，讓她暫時忘記生病的植物。隊長靠在木屋打盹，盡量不讓受傷的腳承受重量。奧拉搔搔牠的脖子，然後走進屋裡找鍋子。她家滿是灰塵和蜘蛛，爐子旁放置一堆乾柴和一張媽媽的椅子。樓上的小房間，有張稻草床墊。這張床墊足夠讓她和媽媽一起睡，上面鋪滿羊毛毯，十分舒適。一扇小窗，是媽媽用旅途帶回的玻璃做的。利用這扇小窗，奧拉可以看顧花園，留意愛管閒事的鄰居——阿里亞娜・克勞，頂著一頭整齊的金色捲髮，總是睜著一雙大大的眼睛，透過樹籬張望；或是老埃利亞斯・道森，總是帶一些奧拉不需要的東西拜訪。

奧拉找出一個舊鍋子，放在屋外用來生火的金屬架上。點火，倒入松樹汁。

下雨了，天空落下大大的雨滴，讓人感覺溫暖。奧拉在門廊下躲雨，倚靠隊長溫暖的肩膀，看著火焰劈啪作響。

「松焦油。」她對植物說。「你們應該告訴我怎麼做。」她努力維持火勢，以免燒焦，「要怎麼知道什麼時候會好？」植物沒有回應。

「好，你們在生悶氣吧。可是我要怎麼知道？」

媽媽知道。苦艾說。

奧拉從口袋掏出刀子，朝苦艾戳。

「不要再提媽媽的事了。你為什麼不能像常春藤一樣？」

苦艾沉默了。所有的植物都有它們各自的用途。常春藤睿智明理，紫草忠誠，而苦艾——唉。苦艾總是說那些她不想聽的話，即使她知道自己應該要聽。

她將目光轉向屋內，看向裝有媽媽的書的木箱。

「再加點白蠟樹，就是這樣。」奧拉從門邊的桶子裡舀一勺，攪進黏稠的松焦油裡。

「那隻腳看起來不對勁。」樹籬傳來粗啞的聲音。

埃利亞斯．道森站在兩棵山楂樹簇擁的拱門下，身旁是忍冬和常春藤。他有濃密的鬢角，面容飽經風霜——荊棘溪潮溼的空氣，讓大多數的居民都是這樣。埃利亞斯用蜂蠟為村民做蠟燭，為船隻做油燈。媽媽去弗利特沃特和西港旅行時，總是把奧拉留給他和妻子艾格妮絲。奧拉不想再接受埃利亞斯的幫助了。

「也許你該試試海德館的東西。」雨水從埃利亞斯的眉毛滴下，「好像是黑色瀝青。聽說用在馬的身上效果很好。」

「我不會用海德館的任何東西。」奧拉轉身回到火邊。松焦油冒泡，變成黑色黏稠的膠狀物。她把鍋子從火上移開，讓松焦油冷卻。

「我帶了瑪麗安．里德的燕麥給你。」埃利亞斯揮舞手上的麻袋。

「我說過不需要，食物夠多了。」

埃利亞斯打開木門，低頭鑽過荊棘。

「放這裡。」他把袋子放在奧拉砍下的木頭上。

「我們不需要。」奧拉把隊長的腿拉到雙膝間，將松焦油刮到馬蹄上。隊長聞了聞，皺了皺鼻子。

「你需要的，你媽媽要我——」

奧拉放下隊長的腿，發出砰的一聲，轉身面對埃利亞斯。

「她沒有要你插手。我們很好。」

「只是關心。我們答應過伊莉莎白的。」

奧拉雙臂交叉，等埃利亞斯離開。

但埃利亞斯沒有動。

「奧拉，聽我的話，你沒聽到他們說的嗎？」

「說她不知道自己在做什麼？說她是騙子？多虧你，我每天都聽得到。」奧拉厲聲說。

埃利亞斯的臉上掠過一絲陰影。「他們說植物生病了。卡拉漢・里德說的。他們說植物——」

「謠言。」奧拉打斷他的話。「就像往常一樣，植物都很好。」

「植物沒有生病？你很幸運。」

「媽媽知道自己在做什麼。我也知道我在做什麼。」

埃利亞斯嘆了口氣。「也許你得承認你媽媽並非無所不知。在海德館發生了那件事……」

奧拉感到眼睛一陣刺痛。每個人都自以為知道媽媽發生了什麼事。自從媽媽把她留給埃利亞斯和艾格妮絲，一切變得不對勁。奧拉快步走到門口。埃利亞斯甩掉帽子上的水，似乎想說些安慰的話。

「我不需要你的意見。」奧拉迅速關上門，雙手被長滿荊棘的樹籬纏住。「我也不需要燕麥！」她對著消失在黑暗小徑的埃利亞斯喊道。「花園很好。**我們**很好。」

尖銳的刺。黑莓灌木說。

「的確是。」奧拉舔了手背上的刮痕。隊長的鼻子埋在燕麥袋裡。

「別吃。得留著。」奧拉拉開袋子，袋子被隊長踩在腳下，撕成兩半。鍋子火花飛濺。空氣中瀰漫燒焦的味道。

秋天來了。常春藤說。

雨來了。雛菊緊閉花瓣。

沒有食物，沒有葉子，沒有藥。苦艾說。

艾拉蹲下檢查苦艾的莖。和其他植物一樣，有斑點，顏色很深。埃利亞斯是對的。植物是對的。

也沒有朋友。苦艾尖銳地說。

大雨落下，一片漆黑的花園，只見橙色炭火。隊長安靜地咀嚼，植物有節奏地低語著。奧拉走進花園，黑刺李樹籬突然說話。

有人來了。它說。

奧拉緊張起來。她沒看到任何人。

植物在風中沙沙作響。
有人來了。黑莓灌木準備好刺。
有人來了。蕁麻針葉閃亮。
奧拉抓起門邊的棍子，舉起油燈，照亮花園。
一個男孩站在隊長身邊。他身材結實，棕色頭髮，眼睛閃閃發亮。
他是伊德里斯．羅梅羅，搬運工的兒子。
他靜靜拍了拍隊長，沒有打招呼。
「離我的馬遠一點，你是怎麼進來的。這是私人土地。」奧拉說。
「我不是衝著你的笨馬來的。」伊德里斯說。
「我不需要搬運工到這裡指指點點。」
「我不是搬運工。」
「你身上穿的那件外套。你的腳溼透了，你從河邊偷溜進來的吧？」
奧拉感覺喉嚨裡一股酸味。伊德里斯看起來就像那些身穿藍色外套，飽受風吹日曬的工人。他們在河道航行，交易獸皮、穀物和其他東西——沿河而上，進入山區或是駛向大海。伊德里斯和哥哥卡斯特住在荊棘溪的時間和奧拉相同——也許他們更久。他們的父親在西港工作，每個月寄一次金子回家，這是奧拉無意間聽到的。她握拳，直視他的眼睛。

「滾出我的花園。」

伊德里斯回瞪。他的表情有一些奧拉看不懂的什麼。是恐懼嗎？他微微皺眉。

「你得跟我走，真的。」

「我為什麼必須跟一個搬運工走？」奧拉吼道。

伊德里斯靠近燈光。

「卡斯特知道植物為什麼會生病。他會告訴你。」

4

香楊梅　驅除蠓；泡茶可治療關節炎。

他們來到溪邊的一間房子，離村子半英里遠。這間房子幾乎和奧拉的木屋一樣小，緊貼地面。奧拉和伊德里斯低著頭進門。燈火照在蘆葦編織的地墊上，那裡躺著的人，髮絲柔軟捲曲。奧拉一驚，認出她曾在森林裡見過他。她已經一年沒看到卡斯特了，也許更久。現在的他憔悴消瘦，雙眼混濁。奧拉快速抽身，就像碰到熱鐵。

「他生病了。」她怒喝道。「你沒有告訴我他生病了。」

「我看過你和植物在一起。」伊德里斯的語氣變得絕望。「你知道植物的功用——你知道它們的藥效。我看過你治療小鳥。你可以讓我哥哥好起來。」

「不管你覺得我能做什麼，你都錯了。」奧拉環顧房間，以為會看到毛皮、寶石和一串串的鹹魚，但房子黑暗陰沉，牆上堆積厚厚的煤灰，掛滿漁網、魚鉤和防水布，整整齊齊。沒有大人在的跡象。小木桌放著修補中的漁網。

伊德里斯跪在哥哥身旁。

「求求你，我在河裡發現他。」

這裡的一切都在提醒奧拉趕緊離開。但她必須知道真相。如果卡斯特能解釋植物生病的原因，那她必須弄清楚他知道什麼。他渾身是汗，沉默得像是墳墓裡的人骨，臉色灰白、嘴唇乾裂。

「他不該去的。」伊德里斯把毯子裹在哥哥的肩膀。

「他需要熱水。你可以生火吧？」

伊德里斯點點頭。他彎腰走到角落的爐子前。小屋很潮溼，溫度彷彿已經隨著他們的爸爸離去。

奧拉跪在卡斯特身旁。他動了動嘴唇，似乎想說什麼。他太陽穴上的靜脈突出得像枯葉的葉脈。

「去問別人吧。」奧拉起身。「我不是你要找的人。你知道沒有媽媽，我不會做。我只會做給動物的藥。就是這樣。」

伊德里斯搓著雙手，目光在小屋裡四處游移。

「他是我哥哥。」他說，「我以為你可以。」

「我不管。」奧拉說。

「人們說的是真的，對吧？你媽媽不知道怎麼治療，你也是。那些草藥都只是裝裝樣子。」

「她沒有假裝。」奧拉吼道。「你才說謊，你告訴我卡斯特知道植物生病的原因。但他一句話都說不出來。」

奧拉渾身發抖。她不該來的。

卡斯特伸出瘦削的手，抓住奧拉的腳踝。

「河水。」他用粗啞的聲音低語。

伊德里斯衝到卡斯特身邊，將他的臉朝向自己。

「你說什麼？」他極度渴求地問，「卡斯特！」

「讓他休息！」奧拉說，「你看不出來他很痛苦嗎？」

但卡斯特睜開了眼睛。「河！」

「他需要水。」奧拉說。
「告訴我！」伊德里斯說，「你去了哪裡？」
「河水！」卡斯特翻來覆去，伊德里斯不得不按住他。
「河水！」他喊道，「山裡……黑如瀝青……」他試著把話說出口，但嘴唇顫抖，四肢發抖。
伊德里斯情緒失控。
「伊德里斯，那是發燒引起的胡言亂語！」
「不是的，他想要告訴我一些重要的事。」他激烈地說。
「我幫不了你。」奧拉扣緊外套。
「你不能走！」伊德里斯說。
「你看不出來他病得多重？發燒成這樣是不會好起來的。」奧拉向門口走去。
伊德里斯緊追上去。「你必須幫他。」
「你說他知道我的植物發生什麼事。你早就知道我不救人，大家都知道那是我的原則。你騙我來這裡。他快死了，我無能為力。」

伊德里斯臉上寫滿恐懼、困惑和憎恨。奧拉的同情心消失了。搬運工遭受的一切都是他們應得的。

「我以為你知道那會是什麼感覺。」伊德里斯在她身後喊道。

奧拉記得那天媽媽搭船回家，懷裡滿是草藥。她們回到木屋，媽媽的身體又燙又溼。奧拉混合蜂蜜、小白菊和鼠尾草的時候，媽媽說：「這應該是我來做的，對吧，奧拉？」奧拉把藥草搗碎，製成藥膏、泡劑和酊劑。奧拉做的所有努力都無法讓媽媽退燒。不久後，媽媽離開了——只剩下一個蒼白的身影，被搬運工抬到森林裡埋葬。他們說這麼做是為了安全。

「我們各自生活，不一定要做朋友。」奧拉對伊德里斯說。「都是因為你們，媽媽才會死。都是因為你們，她被埋在森林，而不是在她的花園裡。」

這些話如鋼鐵般冰冷。奧拉知道媽媽絕對不會這樣。媽媽說植物是屬於每個人的。並且，把媽媽從她身邊奪走的，不是伊德里斯，也不是卡斯特。

奧拉衝進黑夜，只有星星窺視著她，評論著她。她抬頭看星星，留下滾燙的淚水。星星知道真相：即使她想救伊德里斯，她也做不到。媽媽走遍各地，製作草藥。她知道如何救人，奧拉永遠做不到。

5

毛地黃　　劇毒。用於心臟疾病。

隔天早上，奧拉匆忙穿過人群，朝小教堂走去，她閃躲那些牙齒發黃、頭髮稀疏如薊草種子的人們。滿載灰色亞麻袋的騾子阻擋她的去路。荊棘溪村的每個人都湧向市場。在每個街角，奧拉都看到身穿深藍色外套的搬運工。這讓她渾身發冷。奧拉心想，**他們看起來就像潛伏的野狼**。

「小心點！」酒館女服務生伊芙斥責奧拉。

當心。鵝卵石旁滿地的蒲公英說道。

奧拉把手伸進小教堂茂密的常春藤裡，往上攀爬。她坐在屋頂俯視市場。濛濛細雨中，毛皮堆疊在木桌上，穿著厚重大衣的人們來回走動，估量獸皮的價值。每張毛皮都破舊不堪——滿是焦痕和烙印。有時可以見到水獺皮、貂皮，但通常是飛蛾蛀蝕過的松鼠皮、海狸皮。最好的毛皮都被帶往西港。奧拉繞市場轉了一圈，一語不發，用硬幣換取鹿肉乾和鹹牛肉。

需要食物。常春藤好心地說。

自從埃利亞斯給她那袋燕麥，她的馬鈴薯開始在花園的土壤裡腐爛。玉米變黑，南瓜花全部枯萎。她蜷縮在屋頂，咀嚼鹿肉乾。即使在這裡，她還是可以聽見村民閒聊，聲音像吱吱叫的老鼠，在市場裡竄來竄去。

「不對。」一個頭髮像蜘蛛網的女人說，「我想起在海德館發生的事。」

「你是說她讓那些人死掉？」另一個女人抖落毛皮，一隻飛蛾停在她的頭髮上。

「她應該幫他們的，」頭髮像蜘蛛網的女人說，「她根本不知道自己在做什麼。」

「我也這麼覺得，」頭髮上有飛蛾的女士說，「女人不該插手。」

奧拉摀住耳朵，憤怒地咬著堅硬的鹿肉。雨滴開始落下，天空轟隆作響。

季節變化了。「道森和里德」小店旁的花楸樹說。埃利亞斯在這間小店賣蠟燭。

奧拉起身，看到一排小船沿著黑暗的河面行駛。搬運船在河上來回穿梭，出現在不該出現的地方，不禁讓她打了個寒顫。她想知道卡斯特到底去了哪裡。想起他那張憔悴的臉，她的胃扭成一團。媽媽生病，獨自一人時，也像他那樣嗎？

天空再次轟隆一聲，人們望著天空。奧拉感到皮膚刺痛。她看到一頭長髮、留著鬍鬚的卡拉漢．里德，正在和埃利亞斯說話。另一處，約瑟芬．克勞穿戴華麗的披肩，像幽靈一樣徘徊在市場邊緣，注視人群。有東西引起約瑟芬的注意，她轉身看向市場外。

有人來了。常春藤說。**深色外套，黑馬。朝向道路。穿過大橋**。

奧拉聽到馬蹄的聲音，像鐵匠的錘子一樣尖銳響亮。這可不是什麼好事。大多數的人乘船來荊棘溪，因為比較便宜，或是搭搬運工運貨的便船。沒有多少人負擔得起馬車，尤其必須經過那條崎嶇蜿蜒的道路；那裡有野獸出沒，襲擊步行的人。

整個村子聽著馬車靠近的嘎嘎聲，以及馬匹的鼻息、車夫的叫喊。

就像是一頭野獸闖入廣場：男人們紛紛跳開，帽子因為閃避馬蹄的動作而在空中飛揚。一個男子的腳被車輪壓到，另一人大叫，車夫用鞭子抽打他，阻止他往車廂窺看。馬車在鐘樓前慢慢停下，馬兒噴著熱氣，甩動著頭。

從西港來的。廣場周圍的山楂樹說。

一股不祥的預感。天空彷彿往下低壓，小鎮就要被雲層吞沒。溫暖的微風吹拂花楸樹，吹亂了鐘樓裡禿鼻烏鴉的羽毛。一位搬運工站在馬車旁，他的肩膀魁梧寬闊，臉部眉頭緊皺，奧拉把他聯想成一頭公牛。在搬運工身後不遠處，奧拉看到伊德里斯，兩人目光相接，伊德里斯迅速低頭，看著地面。

教堂後面的葉子陣陣低語。

最好不要被看見。它們說。**躲起來**。

奧拉把身體貼在屋頂上，緩緩向前挪動，從簷槽上方往下窺視。她必須知道發生了什麼事。

男人走下馬車，人群散開。奧拉認出他：海德館的主人，伊尼紹文・阿特拉斯。他大步走向教堂台階。

他很瘦，比大多數搬運工年輕，眼睛周圍有皺紋，棕髮夾雜灰白髮絲。在羊毛大衣底下，是一套精緻的西裝。他不是搬運工，而是付錢給他們，可以說是一樣地糟糕。為什麼馬車帶他到廣場，而不是海德館呢？約瑟芬・克勞在台階上看著她的哥哥，眉頭微微皺起。

阿特拉斯對長得像公牛的男人低聲說了幾句話，微微抬起頭，看著村民。

「市場必須關閉。」他宣布。

人群竊竊私語。

「疾病在蔓延。這個致命的疾病出現在西港、弗利特沃特，很快就會蔓延到荊棘溪。我們必須採取預防措施——從關閉市場開始。西港治安官已經下達命令。」

奧拉感到背脊發涼。阿特拉斯知道卡斯特的事嗎？村裡還有其他人生病了嗎？

「但我要賺錢啊！」一名婦女大喊。

「我們該怎麼辦呢？」肉販叫道。

奧拉感到一股彷彿與生俱來的憎惡。阿特拉斯回到荊棘溪，只是為了干涉村民的生活，或是找到可以大賺一筆的生意。

阿特拉斯舉起手，示意群眾安靜。

「我是來傳達科學真相的。這種病和巫術或罪惡無關。它來自充滿疾病和瘟疫的地方，它來自野外。」

像是無法忍受這個詞彙從他嘴裡吐出，阿特拉斯做出撇嘴的厭惡表情。

村民望向荊棘溪周圍的森林和荒野。有人低聲交談，有人點點頭。

「我們必須擺脫疾病。」阿特拉斯說，「植物、雜草、沼澤、森林、野地花園。疾病潛伏在植物和野外，滋生毒素。」

奧拉皺眉。他哪來這個「科學真相」？人們生病，是因為吃了腐爛的肉，或是喝了井裡的水。也許是誤用有毒植物，或是食用帶有麥角的穀物。但要說植物都是危險的——完全錯誤。

「治安官宣告，這種病會在一週內蔓延到荊棘溪。保護你的家人，保護你的小孩。」阿特拉斯繼續說，「我們不會屈服。從清除雜草開始！砍掉、燒掉！塞勒斯，開始行動！」

阿特拉斯身旁那名像公牛的搬運工，從腰帶間抽出一把小斧頭，開始砍除教堂牆上的常春藤。奧拉聽到植物被無故砍傷發出的刺耳尖叫聲。

阿特拉斯注視整個市場。「我們不能被疾病摧毀。全部的土地都要清理。這是必須的預防措施。」

奧拉心臟狂跳。他指的是植物：所有的植物。他指的是她的花園。她和媽媽的花園。恐懼逐漸擴散到她周圍的花葉。奧拉迅速從屋頂爬下，匆匆穿過人群，擠過攤位和街角的搬運工。

「全部拔掉。」她聽到有人指著酒館外雜亂的飛蓬。「燒掉。」

喝醉的搬運工把酒倒在植物上，輕輕一按打火機，植物付之一炬。火焰蔓延到空中。他拿出鋸子，刀刃來回切割「道森和里德」店外的花楸樹。當搬運工把樹幹拖進火裡，奧拉的胸口一陣刺痛。

他們在摧毀一切！植物喊道。**粗暴的手、粗暴的火！**

奧拉狂奔，泥土飛濺到她臉上，村民們開始砍掉植物。她聽到斧頭磨得鋒利，刀刃劃過的聲音讓她的心垮了下來。

當她抵達花園，一切已經太遲。

大門被推倒，黑莓灌木和山楂樹被猛力扯開。搬運工在她的花園裡，手中拿著鐮刀。

很抱歉。緊緊依附在大門的植物哭喊。**我們很抱歉，奧拉。**

6

迷迭香　　葉子：泡茶，用於提升記憶力。

一名搬運工看到奧拉，咧嘴一笑。他沒有牙齒，頭髮灰白，頭戴羊毛低頂帽。他的鐮刀磨得很光滑。奧拉怒不可遏，說不出話來。

「繼續幹活吧！」他的嗓音粗啞，應該是因為抽菸。另一名搬運工，瘦得像棵幼樹，站在花園遠處的蘋果樹下，隊長在旁邊啃食掉落的蘋果。

「牠不肯抬頭，布夏！」男人叫道。

「快動手吧，勒布朗！」沒有牙齒的搬運工喊道。「塞勒斯大人在等。」

青草在奧拉腳邊動了一下。冷靜。

奧拉並不冷靜。「把你的髒手拿開！」她跑向隊長。有什麼東西勾住她的袖子，讓她絆了一下。搬運工用鐮刀尖端，勾住她的外套。

「放開我，滾出我的花園。」

布夏走向她，故意把靴子踩在一朵小小的毛茛上。

救救我們。毛茛微弱地哭喊。

男人和刀刃。苦艾叫道。

尋找，尋找。雛菊說。

「你妨礙到我們了。」奧拉聞到男人嘴巴吐出的臭氣，帶著鹹魚和麥芽啤酒的味道。

「那是我的馬。」她說。

叫勒布朗的男人大步走在花園裡，拉扯隊長。他們踩過迷迭香，一股濃烈的藥草味撲鼻而來。

「你們沒有權利這樣做！」奧拉喊道。勒布朗壓扁媽媽種的金盞花和銀扇草，奧拉用手指堵住耳朵。植物都在尖叫，聲波透過每一枝莖、每一條根，向外傳播。

「監管人已經下令。」布夏說。「等你清理好花園，經過一段隔離，就可以帶回牠。期限是這週，否則我們會動手。」

清理花園？奧拉覺得荒謬到喘不上氣。「在開玩笑嗎？我什麼都不會做的。」

布夏將鐮刀放低，輕輕一掃，劃過草地。

整個花園都在顫抖。

「我們會回來的。」他露出沒有牙齒的淺笑，用袖子擦去鐮刀上的草漬。「勒布朗！走吧。」

隊長的腳穩穩地踩在地上。勒布朗從紅花菜豆扯下一根枝條，啪一聲，重重打在隊長的身上。奧拉皺眉。隊長不情願地向前邁出一步。

「我說過，你不能帶走牠。」奧拉咬牙切齒，用身體擋住花園的出口，雙臂在胸前交叉。

「走開。」布夏說。

「不。」

快躲開！水薄荷警告。但太遲了。布夏用雙臂抱住奧拉。奧拉試圖踢開，卻被他從地上抬起。她又抓又咬布夏的外套，外套布料堅韌，他毫不在意。

「年輕女孩擋路很不禮貌。」他咕噥道。

隊長看著奧拉，豎起耳朵，彷彿在問為什麼會讓這種事情發生。

勒布朗拉著隊長穿過破損的大門，奧拉大喊：「放開我！」

布夏只是更用力地抓住奧拉。隊長經過奧拉時，她可以感覺到牠溫暖的氣息，手卻碰不到牠。

不公平。迷迭香低聲說。**這是不對的。**

「帶走。」布夏說。

勒布朗再次舉起枝條，狠狠打在隊長的脅腹上。隊長看了奧拉最後一眼，緩緩跟在勒布朗身後。

奧拉咬了布夏的手。「我不會讓你帶走牠的。」奧拉邊說邊衝向門口。一個堅實的什麼擋住了她的去路。奧拉狠狠撞上，重重摔倒在地。她抬頭看著那個巨大的身影。他就是市場上那個長得像公牛的搬運工。他的聲音有如沙礫，與竊竊私語相差無幾。

「有麻煩嗎？」他對布夏說。奧拉擦去臉上的泥土，撢掉頭髮上的草。

「沒有，塞勒斯大人。」布夏急忙舉起帽子，擦去額頭上的汗。

奧拉站起來。「如果你不介意，我要把我的馬牽回來。」她試圖從大塊頭身邊溜過去，但他懶洋洋地伸出一隻手，把她拉了回來。奧拉發現塞勒斯的眼白黃濁，身上散發濃烈的汗臭味、菸斗的菸味，還有某種無法辨識的金屬味。

「不可以。」雨滴順著他的臉滑落。「你得跟我走。」

7

曼陀羅

謹慎接觸，有劇毒，可能致命。
用於手術；一種鎮靜劑。

在野草花園裡往上看，隱約可以見到海德館。海德館屋內的燈點亮，窗戶像發光的大眼睛俯視著奧拉。塞勒斯帶她沿著蜿蜒的小路前行，穿過一簇簇玫瑰叢。奧拉與玫瑰擦身而過，它們竊笑、閒聊，在昏暗的天色裡散發陣陣醉人的香氣。奧拉拖著腳走路。她從未去過海德館。多年前媽媽來這裡照顧病人。從那時起，謠言開始流傳。

小女孩迷路囉。玫瑰竊笑。

獨自一人。玫瑰說。

「快走。」塞勒斯說。

他們在山丘上，奧拉看得到下方寬闊的河流，河面在昏暗的光線下閃爍微光。油燈如同螢火蟲沿河岸移動，搬運工在棧橋和通往海德館的小路上穿梭。奧拉聽到男人的咕噥和叫喊。

「他們在做什麼？」她問塞勒斯。

「繼續走。」他用平靜、低沉而沙啞的語調，把她推進屋內的陰影。花園沙沙作響，奧拉覺得恐懼，心想，**這就是老鼠被追趕到角落的感覺**。

一扇龐大的橡木門矗立在眼前。

「進去。」塞勒斯把門推開。

他帶她穿過走廊，她的目光掃視，沒有找到任何出口。經過幾扇緊閉的門、幾幅看起來像是半死不活的花朵畫作，他們來到一間書房。書房裡有壁爐，有一張堆滿書本的桌子，以及穿著大衣，坐在桌子後面的伊尼紹文・阿特拉斯。

奧拉重心不穩地走進房間，阿特拉斯沒有抬頭。他正拿著鋼筆書寫，藍色墨漬飛濺，像雨一樣落下。奧拉想知道媽媽是不是也來過這裡。這個房間一點都不像她們那間被風吹得搖搖欲墜，每個縫隙、每個角落都有植物試圖生根發芽的木屋。

「你說反抗的人都要帶到這裡，大人。」塞勒斯說。

阿特拉斯還是沒抬頭，繼續在帳本書寫。

奧拉環顧四周。房間擺滿擦得晶亮的木櫃，以及整齊堆放的成捆紙張。在阿特拉斯後方，奧拉注意到有一扇門微微敞開，玻璃閃爍微光。在荊棘溪幾乎看不到玻璃，玻璃非常昂貴。媽媽曾說，玻璃的產地在弗利特沃特。在阿特拉斯後方的小房間，木架上至少排列一百個玻璃瓶，閃閃發亮。阿特拉斯家族靠墨水致富，媽媽是這麼說的。在那個小房間裡，奧拉看到十幾種顏色：從最漆黑的瀝青到最鮮豔的玫瑰粉。

「馬已經隔離了。」塞勒斯打破沉默。

「完全沒有道理！」奧拉打斷。「隊長是我的，你們沒有權利帶走牠。」

「那匹馬生病了。」阿特拉斯溫和地說，還是沒抬頭。鋼筆劃過紙張，發出沙沙聲。「再說，那匹馬不是你偷來的？」

「牠沒有生病，牠的腳因為踩到什麼才感染。是我發現牠的，農夫打算射殺牠。」

她沒有提到在農夫同意之前，她就把隊長帶走了。

「喔，你怎麼知道呢？」阿特拉斯看著奧拉，鋼筆停在空中。一滴墨水不祥地滴在紙上。「你這個無知，沒有受教育的小孩。」

「當然不是！」她衝上前，一心想抓住阿特拉斯的墨水罐，扔到房間的另一頭。但塞勒斯抓住她的肩膀。

阿特拉斯嘆口氣，放下筆。

「你在野外待太久了。我已經說過要清理花園。馬經過隔離，確保沒有生病，就可以把牠帶回。」

奧拉緊握雙拳。「我的馬沒有生病。我的植物也沒有。」

「喔，但它們確實生病了。」阿特拉斯從椅子上站起。「人們接觸野外，然後彼此接觸。疾病就是這樣傳播的。我要阻止這一切。」

「我的花園沒有任何問題。」奧拉想起紫草葉上的黑斑。如果植物有問題，也絕對不是阿特拉斯該處理的。

「我是監管人。」阿特拉斯說。「我的職責是告知居民外面世界的危險，並解決它。」

奧拉感到臉頰發熱。這是不對的。

「你的意思是要人們砍掉農作物，挨餓度過冬天？」

「這是為了他們好。」阿特拉斯太陽穴上的一根血管開始跳動。

「我一直都住在野外。」奧拉說，「沒有人生病。」

阿特拉斯用銳利的眼神看她。「你媽媽，還有她沒能救活的人。兩個男人因為她死在這棟房子裡。我沒有時間和小孩爭論。」他啪一聲闔上帳本。「塞勒斯，把她帶走。」

「她不是在野外生病的。她是被你那些愚蠢的手下傳染的。那些你強迫她治療的人。」

「一開始是誰害他們生病的？是誰從野外跑到我們村子，亂用植物、藥物和不該碰的東西？」

也許，奧拉應該知道，有時候忍住不說你知道的事，會比證明你是對的更好。但不公不義的怒火在她心中燃燒，那一刻她恨不得把火噴到阿特拉斯身上。

「媽媽知道自己在做什麼。媽媽了解植物，她絕對不會讓這種事發生。如果她沒有被埋在森林裡，我敢打賭她會知道如何製藥。都在她的書裡。她都寫下來了。

這就是科學。」

就在那麼一瞬間，阿特拉斯的表情變了。他的目光銳利，如同鷹眼。奧拉心想，那是掠食者的眼神。一種不達目的誓不罷休的眼神。

「是這樣嗎？」他謹慎地說。奧拉一度以為他會問更多，但他拿起帽子，「你媽媽不知道自己在干涉什麼。她太接近野外，野外奪走她的命。這才是科學。」

奧拉用力吞下口水。她感覺阿特拉斯好像把什麼尖銳冰冷的東西，悄悄放進她的心裡。但她不想讓他知道。她努力讓自己鎮定下來，彷若制服一頭山獅。

「我會證明不是植物的問題。我會證明隊長沒有生病。然後你會把隊長還給我，遠離我的花園。」

有那麼一瞬間，奧拉在阿特拉斯眼神裡看見陰霾。但他眨了眨眼，轉向塞勒斯。塞勒斯點頭。奧拉的雙臂因為起了雞皮疙瘩而傳來陣陣刺痛。

「你什麼也證明不了。」他恢復溫和的語氣。「不要再踏進海德館。」阿特拉斯用布擦拭筆尖，扣上大衣鈕扣。「準備好了吧。」

「差不多裝好了。」塞勒斯說。

阿特拉斯嘆了口氣，豎起衣領。

「把這女孩趕走，帶我去船那裡。」

塞勒斯把奧拉推出房間。

「快去清理花園。」他一邊說，一邊把她攆到門前。

「我會的。」她撒了謊。

門砰一聲關上，奧拉獨自一人留在那裡。一排禿鼻烏鴉在周圍的樹上躲雨，睡眼惺忪看著她。她看見銀扇草淺色的籽莢，像銀幣一樣圓圓的。

奧拉渾身顫抖。海德館讓她感到厭惡。如果阿特拉斯認為他的「科學」能證明一切，那他大錯特錯。媽媽比阿特拉斯更了解科學和疾病。

一扇窗戶打開，奧拉轉身，女孩怯生生望著花園。那是阿里亞娜・克勞，她把頭髮盤在腦後，用金黃色髮夾固定。她身上的毛皮披肩，就像蒲公英的種子一樣蓬鬆，彷彿一陣強風就可能把她吹走。她手裡拿著一個小小的玻璃容器，似乎在冒煙。她咳了一聲，吹散煙霧，把悶燒的玻璃容器留在窗台，從洋裝口袋掏出麵包皮，扔向禿鼻烏鴉。

奧拉盯著玻璃容器，她想起媽媽曾經用過類似的物品，加熱從植物提取的精油。阿里亞娜在做什麼呢？奧拉心想，也許她在製作香水，也可能像她舅舅一樣在做墨水。不管是什麼，奧拉決定不去關注。自從媽媽去世，她幾乎沒有和阿里亞娜說過話。在她們很小的時候，約瑟芬在教堂旁的校舍教她們數學，她們曾經一起玩。奧拉曾帶阿里亞娜到小溪旁，讓小龍蝦啃咬她們的腳趾。那是很久以前的事了。現在，奧拉只會看著約瑟芬出現在市場，也只會看著阿里亞娜穿絲綢鞋，沿奧拉木屋樹籬外的小徑奔跑。

很久以前的事了。銀扇草銀色月亮般的籽莢沙沙作響。

奧拉轉身離開，阿里亞娜注意到她。她直視著奧拉，那雙大大的眼睛，讓奧拉想起在沼澤上空俯衝的貓頭鷹。

「他不會放棄的，你懂嗎？」阿里亞娜冷淡地喊叫。

「什麼？」奧拉故意小聲回應。

「我舅舅——他不會放棄的。只要對事業有幫助，他會砍掉整片森林。你最好離這裡遠一點。」

奧拉瞇起眼睛。「你懂什麼？去擔心你的洋裝是不是鉤到玫瑰或是奶油刀有沒有掉在地上吧。」

阿里亞娜用手指繞著一縷捲髮，對奧拉淡淡一笑。

「你聽起來挺好的。」

奧拉還來不及回答，房間裡就傳來了聲音。

「離開窗戶，親愛的。快點。別感冒了。」

阿里亞娜嘆口氣，啪一聲把窗戶拉上。

奧拉停頓片刻。約瑟芬之前指導奧拉和阿里亞娜時，聲音很溫柔。現在的她聽起來尖銳、憂慮，像鳥兒呼喚失散的雛鳥。

奧拉很高興能把海德館拋在身後，沿著小徑往前走。周圍的柳蘭在低語，粉紅色花朵搖曳。奧拉停下腳步，回頭注視巨大的海德館，玫瑰香氣盤旋而上。如果阿特拉斯確定是植物引發了疾病，那他為什麼不砍光自己的花園呢？

8

柳蘭

亦稱「火之草」。治療燒傷和皮膚疼痛。

這本書比奧拉的手稍微大一點。它用柔軟的皮革裝訂，裡頭塞滿乾燥的樹葉和羊皮紙片。奧拉聞著紙張的味道，手指撫摸媽媽用金色顏料寫上書名的封面。她稱這本書是「植物與它們的藥用」。每一頁都有一幅精美的圖畫，以工整的字跡標註藥效。奧拉還記得媽媽輕舔筆尖，讓墨水流淌的樣子。

她小心翼翼翻頁，拿起樹葉，對著光，看著葉脈。她很久沒有翻這本書了。她知道所有的療法——從媽媽那裡學來的；可是，這有什麼意義？

奧拉翻到最後幾頁停下，媽媽的字跡發生了變化。看起來像是蜘蛛沾上墨水，在書頁走過一圈。奧拉用力吞口水。這些是媽媽過世前寫的筆記。

她急忙翻到最前頁，看著媽媽畫的地圖。地圖從邊界森林深處的荊棘溪，一路延伸到西港。北方有山脈，南方是一望無際霧濛濛的長沼地，南北之間有河流橫越。在閃爍的燭光中，奧拉找到了荊棘溪，順著河道，匯入被標記為「墨水河」的主要河川，繼續流向西港城。奧拉的手指沒有往下游走，她轉向上游，逆流而行。向北。

奧拉低聲朗讀媽媽沿著河岸寫下的地名：枯榆灘、咆哮堰、弗利特沃特、榿木溼地、因肯布魯克。她畫出在森林裡、河岸旁、草地上可以找到的植物。精緻的墨水筆字跡遍布四處——每種花草都有精心命名：獅齒菊、夏枯草、捕蠅草、歐洲莢蒾、黃菖蒲、葡萄葉鐵線蓮——以及其他上百種。

「有些看起來不一樣。」奧拉把書靠近蠟燭，仔細查看「弗利特沃特」，媽媽常帶草藥去那裡旅行。

聰明的女孩。常春藤透過窗框伸進屋內。

地圖靠近弗利特沃特的地方，奧拉注意有到一條線圍繞植物。

旁邊，媽媽用小得像蜘蛛畫出來的字寫著：這裡。

奧拉立刻收拾行李。那是一個破舊的背袋，縫縫補補好多次。袋子有兩個皮製肩帶，用扣環扣緊。她包了一條黑麥麵包，放在袋子底部，帶了一把榛果和三顆蘋果，一天一顆。她也裝了最小的斧頭、一卷麻繩、一件羊毛毯，在火絨盒裡塞一把新鮮的香蒲籽。把刀放在外套口袋裡。

在隊長的轡頭旁，她找到一小塊蠟。她在靴上塗蠟，以防雨水滲入；她看著轡頭，好想跑回海德館檢查隊長的馬蹄，偷偷塞給牠一綑真正的牧草。**只需要幾天，**她心想。**然後就回來找牠**。

她用防水油布包裹媽媽的書，以免被雨淋溼，把書放在袋子的最上面。她不想看這本書，但她無法不帶著它。一陣寒意飄進。她想起隊長，牠應該在花園吃草。她擔心植物，也擔心帶著斧頭和鐮刀的搬運工。她還想到媽媽，媽媽曾經在這裡。

植物很焦慮，葉子貼在牆上顫動。在荊棘溪，大部分的人和阿特拉斯一樣，認為媽媽在旅行途中把疾病帶到村子。人們總是樂於抓住機會報復。

保護好，常春藤說，**保護好這一切**。

銀扇草的莖擺動綠葉。蒼白色的蛾在銀色籽莢間飛舞。

快回家。銀扇草說。

樹籬長得又高又亂。奧拉撿起枯枝，用刀片把枝條削尖，插進樹籬縫隙的土裡。她拔出長長的荊棘，編在樹籬枝條間。

長啊長。黑刺李說。

很隱密。旋花說。

「希望是。」奧拉希望這樣就夠了。

奧拉費了好大的力氣，才把大門豎直，立在兩棵山楂樹之間。她滿頭大汗，將兩根削尖的榛木深深插入地裡，讓大門無法打開。

像樹一樣安全。山楂樹說。

遠處，奧拉聽到棧橋旁搬運工發出的哐啷聲。她要沿著小溪前行，得等到搬運工踉蹌走去酒館。如果她要到河流的上游，她會需要一艘船。在夜裡，偷船應該不難。

晚風輕拂，花園在奧拉周圍微微顫動。

沿著奔流的河水而上。香草說。

進入蜿蜒的森林。它們附和著。

穿過沼澤、森林和田野。

然後回家。它們低語。快回家。

植物鼓勵奧拉離開。她戴上帽子，確保大門牢牢關緊，而她的心情很沉重。她咬唇，深吸一口氣。這是她證明植物不會致病的唯一機會，如果她找出黑色斑點的真相，阿特拉斯就不得不把隊長還給她。他必須承認他錯怪了媽媽。

弗利特沃特和媽媽。卡斯特和河流。答案就在那裡，在某個地方。

該出發了。鼠尾草說。

奧拉盡可能點點頭。她最後看一眼木屋，艱難地穿過長長的草叢，爬到黑刺李樹籬下，潛伏在小溪旁的隱蔽小徑上。當她起身，帶刺的樹枝緊抓她的外套，彷彿不願讓她離開。

「你們會好好的，對吧？」她一邊問花園，一邊拔掉外套上的刺。

快走。一根雜亂的百里香說。

藥草香氣沿著小徑一路跟隨，到達海德館庭院。奧拉爬上牆，躲在陰影裡。此時，一排小船在棧橋邊搖晃。她的心跳加快，傾聽每一個細微的聲音：河水拍打棧橋，小船晃動嘎吱作響，帆布在微風中飄動。黑暗中，傳來腳步聲。

奧拉緩緩靠近，一個提燈的人影走過船隻。是塞勒斯。他舉起油燈，照亮勒布朗和布夏的臉，在他們身旁的是埃利亞斯．道森，緊抓一大袋穀物。埃利亞斯把穀物放在地上，奧拉的眼睛睜得大大的。

「這是阿特拉斯的命令。」塞勒斯說。「全部燒掉。你是在保護村子，道森先生。」

奧拉低聲咒罵。「不！」她對小徑旁的柳蘭耳語。「笨蛋。那是我們的燕麥——也是隊長的。」

埃利亞斯搖搖頭，消失在黑暗中。

「整個村子都相信阿特拉斯的謊言。如果他們燒掉穀物，那就活該挨餓。」奧拉嘀咕著。

但搬運工看起來不像是要這麼做。埃利亞斯一離開視線，塞勒斯便一手提起麻袋，走下棧橋。布夏和勒布朗緊隨其後，各自從黑暗中的某處拾起其他麻袋。奧拉在柳蘭和蘆葦間躡手躡腳前進，直到棧橋近在咫尺。搬運工將麻袋放上小船。這艘船由淺色的木板製成，船尾覆蓋帆布，就像帳篷。奧拉瞥見船頭寫著幾個字：因肯布魯克貿易公司。

秘密，秘密。蘆葦低語。

「把板條箱拿來。」塞勒斯說。「動作快。」

奧拉躲在暗處，迅速衝到棧橋下。

透過縫隙，她看見閃爍的燈光。過了一會兒，布夏和勒布朗回來，他們的腳在木板上滑動。

「小心！」塞勒斯說。「我說了，小心點！」

為時已晚。奧拉聽見板條箱撞到棧橋，砰的一聲。接著是玻璃碎裂的聲音。

「勒布朗，你這個笨蛋！」塞勒斯咆哮。十幾個玻璃瓶摔在棧橋上，碎片在一灘深色液體中閃閃發亮。是墨水。阿特拉斯的墨水。墨水開始往下滴，奧拉躲開。勒布朗彎腰，想撿起一個碎瓶子。

「不要碰！」塞勒斯一腳踢開，玻璃瓶撲通一聲掉進河裡。「在被發現以前，把這裡清理乾淨。別碰那些東西。明白嗎？」

布夏嘖了一聲，「我討厭易碎品。」

他和勒布朗坐下，點燃菸斗，四條腿懸在奧拉面前。

「至少不是往上游。」勒布朗陰鬱地說，「去西港的短途旅程，預付一半工資，挺不錯的。」

奧拉腦海浮現媽媽的地圖。搬運工將物資順流而下，運往海岸，途中經過分岔點，一條支流往上，通向弗利特沃特。好機會。

勒布朗把菸草扔到水中。兩人站起來，將碎瓶子踢進河裡。

「如果你染病了，我就把你那份也拿走。」布夏笑著說，靴子在棧橋發出砰砰砰的聲音。

奧拉確定他們離開以後，把背包甩到棧橋上，爬上去。停泊的小船像月光下的野獸輕輕搖晃。她在顫抖，她感覺自己彷彿即將踏進鯨魚的肚子裡。她不想躲在離搬運工這麼近的地方，但這是她最好的選擇。

她躡手躡腳沿著棧橋走，避開碎玻璃，爬上船，悄悄鑽到帆布裡。她坐在燈油、帆布、網子、墨水瓶和穀物的中間。奧拉對村民的愚昧搖搖頭，爬向船尾，擠入菸草包、煙燻皮革和毛皮之間。在船的尾端，她找到她想要的：小小的空位。她嘆了口氣，把背包拉到身邊，準備好好休息，迎接即將展開的旅程。

奧拉的手伸向一片虛無，陰影裡有什麼在動。

突然間，一隻手抓住她的手腕。另一隻手緊緊摀住她的嘴。還來不及反抗，她就被拉入黑暗中。

9

香堇菜

在夏天採集整株。浸泡一個上午，煮沸，泡十分鐘。用於失眠、咳嗽和感冒。

「不要說話！」一個聲音說。

奧拉抓住捂住她嘴巴的手並用指甲戳。隨著一聲輕輕叫喊，那隻手鬆開了。

「伊德里斯？」

「安靜！」

等眼睛適應了黑暗，奧拉隱約看見一個身穿搬運工外套的駝背身影。

「你走。這裡容不下我們兩個。」

「我先來的。」伊德里斯小聲說道。河水拍打船身，小船撞上繫船柱，發出重重的**咚**的一聲。奧拉穩住身體。

「哎，你不能待在這裡。」她說。

「你打算把我拖出去？」

奧拉把背包拉過來，生氣地坐下。

「你說卡斯特很傻，但你突然躲入開往西港的船。想去城裡？告訴大家阿特拉斯販售偷來的穀物？沒有人會相信的。沒有人在乎。」伊德里斯說。

「我才不關心城裡，我不是要去西港。」

「你要去墨水河上游？」

奧拉瞇起眼睛。「小聲點，你會害我們兩個被扔進河裡。」水輕輕拍打木船。奧拉想起伊德里斯家旁邊的河，以及卡斯特躺在屋裡的情景。顯然，伊德里斯躲在船裡是有原因的。他也要去上游。

「你得讓我一個人去，我知道自己在做什麼。比你或你的搬運工哥哥更清楚。」

「為什麼你說起搬運工，就好像在說一件很糟糕的事？他們只是一群工人，把毛皮從一個地方運到另一個地方。」

奧拉沒有回答。伊德里斯一定知道媽媽發生了什麼，儘管四年前他不在那裡。

「總之，如果不是卡斯特，你根本不知道從哪裡開始。」

「我不是因為卡斯特才來這裡的。我有其他消息來源，比他的胡言亂語可靠。你應該回到他身邊，趁還有機會的時候。」

一陣沉默。

「我也不想離開他，但他病情沒有好轉。唯一方法就是尋找解答。就像你現在一樣。你為什麼不安靜下來，然後——」

甲板傳來砰的一聲。奧拉和伊德里斯縮回陰影裡。奧拉屏住呼吸。兩個偷渡者要躲過搬運工的視線，難度可想而知。她抱起背包，媽媽的書安全地包在裡面。

雖然我們都要往上游走，不代表我們要走同一條路，她心想。**也不代表我們要做朋友。我很快就會擺脫他。**

水流在相當近的地方低語，奧拉感到不安。柳梢像鳥兒整理羽毛，沙沙作響。

噓。蘆葦說。**噓，聰明的女孩。**

奧拉咬著舌頭。

她告訴自己，**上游會有答案。不會太久。**風吹過蘆葦，輕柔得令人感到平靜。

突然，奧拉聽到隆隆的腳步聲。兩雙——不，**四雙**——靴子沿著棧橋，發出雷嗚般聲響走近。

「這是最後一個。」布夏用粗啞的聲音說。「準備好船槳！」

「在監管人加上更多東西之前，把船纜解開。」勒布朗說。

一條繩子解開，接著是另一條。奧拉沒想到搬運工會在晚上離開。幸好她及時上船。

不遠處，奧拉聽到微弱的哭聲。

「說人人到。」勒布朗咕噥著。

「該死。」布夏說。「太遲了。他把她帶來了。」

奧拉小心翼翼掀開帆布一角。幾雙靴子沿著棧橋哐噹哐噹地走著。

「快走。」塞勒斯低聲說。「不然就把你扔到水裡餵魚。」

奧拉聽到微弱的啜泣聲。搬運工帶貨物上船時，船身搖晃了起來。搬運工擺好船槳，過了一會兒，奧拉感覺船在水上俯衝，像在漂浮也像在飛翔。透過帆布縫隙往外看，荊棘溪逐漸消失在遠方。奧拉想起隊長，想到牠獨自帶著受傷的馬蹄留在海德館，她的心不禁隱隱作痛，忍不住覺得自己拋棄了隊長。

「只是幾天而已。」她告訴自己。「很快就會回來找牠。回到花園。」

他們繼續在河中前行，行經香桃木沼澤，柳樹的枝條哀傷地垂入水裡。河狸在樹枝間張望，船經過時，撲通一聲消失——世界變得黑暗、寂靜。奧拉感到寒冷、空虛。如果花園不存在了，怎麼辦？如果所有植物變黑、枯死，怎麼辦？她放下帆布，蜷縮在船尾的毛皮堆裡。彷彿有條線從她的心裡延伸到花園。這條線不斷拉扯，拉得太用力，肯定會斷的。她抱著媽媽的書，告訴自己她正在做正確的事。伊德里斯在她身邊靜靜坐著，豎起外套衣領，遮住了臉。

溪邊的柳樹看著這一切，它們的枝條隨著歲月與智慧而纏繞捲曲。看著孩子們藏在船裡，如同水流中的種子漂向未知的世界，它們為終於有人尋找答案而欣慰地齊聲嘆氣。

回到棧橋，伊尼紹文．阿特拉斯沒有走回海德館。他提著燈，沿溪邊的狹窄小徑，走到一扇被山楂樹圍繞的門前。他推了推大門。門沒有動。

他盯著花園裡的木屋，又推了一下大門。他沒有聽見植物的低語。當他召喚在小徑等候的男人時，他沒有聽到植物的嚎叫。當男人砍倒大門的山楂樹時，他依然沒有聽見植物對奧拉的聲聲呼喚。當他隨意踩踏通往木屋門口的所有植物時，他什麼都聽不見。

10

苦艾

用於殺死動物的寄生蟲，尤其是蠕蟲。摻入墨水，防止老鼠啃食信紙和書頁。

雷雨交加，又冷又溼的搬運工唱著歌：低沉、反覆吟唱的節奏，如同鼓聲。

嗨喲，搬運工小夥子，
扛起貨物吧。
嗨喲，經過黑暗中的森林，
在冬天獵捕狼群。

奧拉透過帆布看出去。手臂和腿部模糊不清——灰白色的頭髮，深藍色的外套。搬運工把長槳插入水中，雨水順著他們的手臂流入河裡。

她同時感到寒冷、疼痛、飢餓。伊德里斯睡著時，她吃了一些麵包和一個蘋果——他怎麼能夠睡得著？天亮了，她的身體僵硬，好難受。雨敲打在帆布，從縫隙滴落在她的頭髮上。搬運工將積水往外舀，咒罵著、抱怨著。

「外面有多少人？」伊德里斯醒來後問。即使天亮了，藏身處還是一片漆黑，他的眼睛像玻璃一樣反射著光線。

奧拉聳聳肩，試圖舒展僵硬的頸部。「重要嗎？他們是去西港的搬運工。與我無關。」

「河流抵達墨水河後右彎，朝西港流，流入大海。你想要左彎，往上游走，而你聽起來還沒想好怎麼下船。」

船在風中顛簸，奧拉感到一陣不適。她不需要伊德里斯告訴她往哪裡走。整個晚上她都像困在陷阱裡的獾一樣清醒，隨時等待搬運工掀開帆布的那一刻。她留意每個動作，每次的燈光閃爍。她擔心早已過了分岔處，而她卻沒有機會上岸。她盯著河流的變化，渴望靠近岸邊，渴望再次聽見植物低語。

「別擔心，我們還沒到。天黑之前會到。」

「到哪裡？」

「枯榆灘。」伊德里斯陰沉地說。「河流的分岔處。那是一片沙洲，也是河水匯入墨水河的地方。搬運工總是停在那裡的森林紮營——卡斯特告訴我的。如果我們要繼續往前，那裡是唯一可以甩開他們的機會。」

奧拉啃著蘋果核，試圖擠出更多汁液。

「別再說**我們**了，我不需要你的幫助。」奧拉還記得和媽媽一起去弗利特沃特的回憶——草地上鮮花盛開，她牽著媽媽的手，陽光灑在一整排的玻璃瓶上。「我有我的計畫。」

她只知道她需要離開船，離開搬運工。

「你打算怎麼做，向樹問路？」

奧拉瞇眼看著他。這**正**是她的計畫。

伊德里斯從口袋裡掏出一根甘草棒。他沒有分給奧拉。

「你不喜歡幫助別人。但沒有理由不聽取別人的建議。」

奧拉噘嘴。「我有我的計畫。」她的語氣更加堅定。

伊德里斯聳聳肩，又咬了一口甘草，從外套口袋裡掏出針線。他一邊縫袖子的破洞，一邊輕聲跟唱搬運工的歌。他熟練地將針線穿過布料。奧拉看得出來他是在努力不去想卡斯特。她自己也在努力不想他。她知道她對伊德里斯的態度很不好，只是那不表示她會同情他。

奧拉靠近燈光，拿出媽媽的書。

伊德里斯抬起頭。「那是地圖嗎？」他湊得更近。

「這是私人物品。」奧拉把書夾在大腿間。她倚靠一堆毛皮，在昏暗的光線下仔細查看媽媽的地圖。她找到小溪與河流匯合的地方：標記為「枯榆灘」，就像伊德里斯說的。在那裡，河流蜿蜒流向弗利特沃特——「**這裡**」——之後向上，通往山脈。地圖上的一切看起來很小、很整齊。但是在這裡，世界如此巨大、如此狂野。雖然奧拉對伊德里斯說了那些話，但她其實並沒有任何計畫。

黃昏前，原本入睡的奧拉被一個又小又硬的東西砸中頭部，清醒過來。

「哎喲！」

她從毯子裡爬出，發現地上有顆李子。

「醒醒。」伊德里斯吐出果核。他把針線收妥，繫緊鞋帶。

奧拉拍掉李子上的灰塵，擔心地吃著。河水的聲音變了；划槳的節奏慢了下來。

「快到了。」伊德里斯輕聲說。

片刻後，小船滑到礫石岸邊，搬運工把船拖出河面。奧拉聽見木樁被打進地裡的咚咚聲，隨後是木槳被拖上岸的摩擦聲和滑動聲，搬運工的靴子發出哐噹哐噹的聲音，逐漸消失。現在，她和伊德里斯獨自待在船上，船尾在淺灘輕輕上下晃動。奧拉小心翼翼微微掀開帆布。她看見樹叢間閃爍的亮光，聞到點燃松樹樹枝的火堆，散發黏稠的氣味。奧拉萌生一個念頭。雖然危險，但總比步行十英里來得好。

「我有個想法。」她對伊德里斯說。「但很危險。」接下來的話似乎卡在喉嚨裡。「我需要你的幫忙。」

「很危險？」伊德里斯露齒而笑。

11

纈草

秋天時採集根部，並在暗處風乾。用於治療失眠；有人說能馴服野貓。

奧拉和伊德里斯悄悄從帆布中溜出，從船的一側安靜跳下。奧拉踩進深到腳踝的水中，感到一陣刺骨的寒意。太陽已經落下，搬運工的火堆很近，橙色的火光映照在水面上。遠處，爆竹柳伸展蔓生的枝條，森林籠罩在陰影中。黑暗對他們有利。

他們小心翼翼穿過淺灘，走向岸邊。

是誰？柳樹低語。獨自在那裡？

奧拉皺眉，腳下礫石嚓嚓作響，搬運工忙著圍在火邊烤肉、喝啤酒，他們沒有聽到也沒有看到他們上岸，鑽進樹叢。沒有牙齒的布夏，身材矮壯，他折斷一根又一根細枝，扔進火裡。塞勒斯的個頭是其他人的兩倍，他把刀舉到火光下檢查。勒布朗是唯一站著的搬運工。他緊握啤酒，在火堆周圍踱步，始終沒有背對森林。

奧拉看見船槳——三支——靠在圓木旁。她需要想出更好的計畫，不能只是跑進營地，在搬運工面前把槳搶走。

樹枝折斷、掉落。爆竹柳語帶威脅。

野貓潛行，貓頭鷹狩獵。寬葉說。

暗處的陌生人。柳樹說。

「怎麼了，勒布朗？害怕森林嗎？」塞勒斯說。

勒布朗啜飲一口啤酒，吐進餘燼。「你沒去過上游，你不知道那裡是什麼樣子。光是離那裡很近就讓人渾身顫抖。」

「我們不會去那裡。」布夏平靜地說，「而且也沒那麼近。離這裡有三十英里遠，我們不會往那個方向去。」

「那個死氣沉沉的地方。」勒布朗繼續說道，「什麼都沒有，只有石頭和腐敗物，偶爾，還有一小塊黃金。阿特拉斯真傻——」

「小聲點。」塞勒斯大吼。奧拉數了一下，有三個搬運工，火堆後面還有一個人影，被煙霧和火焰遮住。

「不管怎樣，阿特拉斯沒在想這些。他現在更關心學術問題。」布夏說。

「你是指那本書吧。」塞勒斯嘖嘖道。

布夏和塞勒斯笑了笑，勒布朗搖搖頭，「如果他沒有先付一半的錢，我根本不會信任他。」

「但他付了。」塞勒斯說，「還好有拿，你連扔棍子給狗這種簡單的事都做不好。」

一陣寒意從河面襲來，高處的樹葉輕輕晃動。奧拉注視著柳樹，她知道上頭的樹枝隨時可能掉落。身旁的伊德里斯拉緊外套。「說一說你的計畫。我可不想一整晚都被困在這裡。」

看著搬運工緊張地圍坐在火堆旁，奧拉有了一個想法。這片森林不同尋常。它有一股狂暴的氣息，嘆息著，搖曳著，彷彿無法平靜。她想，這是一種警告。這裡不適合久留。雖然搬運工在荊棘溪可以像披著漂亮皮毛的秋天雄鹿，大搖大擺晃來晃去，但在這裡，他們卻很不安。他們不喜歡停在枯榆灘。

「你爸爸以前獵過鹿嗎？他還在荊棘溪的時候？」奧拉低聲問道。

伊德里斯點點頭。「我和卡斯特會跟他一起去。他更喜歡釣魚。但他捕鹿的本領不輸任何人。有一次……」

「我不想聽人生故事。」奧拉打斷他的話，「你知道受傷的鹿會怎麼叫嗎？」

伊德里斯再次點頭。

「跟我來。」

奧拉帶頭走進森林，圍繞搬運工的營地移動，直到火堆落在他們和船之間。

「等我發出信號，你就要像斷了腿的鹿那樣發出聲音。」

「什麼？」伊德里斯眼睛睜得大大的。

「聽我說，好嗎？他們會跑來——以為這裡有狼和野獸。在沒找到之前，他們是無法入睡的。他們會跑過來，就到這裡。」

「你是指直接跑向我這裡！」伊德里斯說。

奧拉沒理他。

「同時，我會在那裡，準備奪走船槳。一旦搬運工開始行動，你就再叫一、兩聲，再順著這條路跑回去。」

伊德里斯難以置信地搖搖頭，「我想我還是回到船上吧。」

「不可以，你一定跑得比我快。」

伊德里斯重重嘆了口氣，但他沒有離開。奧拉覺得這表示他同意。

「太好了，你會聽到我發出貓頭鷹的叫聲，然後開始行動。」

她繞回營地，留下伊德里斯獨自站在黑暗裡。突然間，她覺得世界變得更冷了，感覺柳樹注視著她，評論她的每一個動作。

奧拉走到火堆旁，蹲低身子，貼近地面。她把雙手合攏，輕輕吹出「呼呼」的叫聲，傳向夜空。搬運工聽過很多貓頭鷹的叫聲，眼睛連眨都沒眨一下，在火堆旁伸直身子，準備入睡。這是個絕佳的時機。

但伊德里斯在哪呢？奧拉只聽見樹梢的風聲、火堆的劈啪聲，和自己心臟的跳動聲。她咬唇，開始懷疑自己是否誤信一個搬運工的兒子。

奧拉再也無法忍受，她合攏雙手，發出尖銳的「呼吁——」聲，傳入森林。伊德里斯沒有回應，奧拉無助盯著火堆。伊德里斯有沒有可能在沒有船槳的情況下，跑去偷船，留下她和搬運工一起困在枯榆攤？

突然，森林裡傳來一聲可怕、令人毛骨悚然的尖叫聲。奧拉僵住了。那不是受傷的鹿發出的聲音。是一種原始的尖叫聲，恐怖得讓奧拉一時間無法動彈。在那裡，某處，有一頭**真正的**野獸。要是牠抓住伊德里斯怎麼辦？要是牠下一個目標就是她怎麼辦？

火堆旁的騷動讓她回過神。搬運工跳了起來，拔出刀槍。布夏從毯子裡抽出一把步槍，裝上子彈。四個男人都像受驚嚇的鹿，一動也不動站著：僵住，傾聽。塞勒斯示意往前移動，他們躡手躡腳向樹叢走去，布夏舉起步槍，在前方帶路。

快跑，伊德里斯。奧拉意識到自己正在這麼想。**現在**。

這時，她才想起自己該做什麼。她跑到火邊，舉起兩支和她一樣高的船槳，扛到肩上。船槳笨重地搖晃著。

正當她準備跑向船的時候，火堆旁的身影動了一下。那身影如秋葉般纖細，身穿如蜘蛛網般蒼白的蕾絲衣裳。

阿里亞娜・克勞。

奧拉愣住。**她和搬運工一起在森林做什麼？**

阿里亞娜睜大雙眼。在那可怕的瞬間，奧拉以為她會恐懼地尖叫。但她看了看森林，搬運工發出雷鳴般巨大的聲響，在灌木叢中穿行。阿里亞娜顫抖地吸了口氣，注視著奧拉。

奧拉咽了咽口水，調整肩上的槳。儘管看到阿里亞娜讓她感到震驚，但她必須回到船上。她轉身離開火堆，朝水邊走去。當她回頭看時，阿里亞娜的身影，在火光中閃閃發光。讓奧拉驚訝的是，阿里亞娜手握第三支槳，朝她直奔而來。

「不可能。」奧拉把槳扔進船裡，用力推船。船漂離礫石岸邊，繫船繩綁得緊緊的。奧拉回頭看著樹叢。**伊德里斯在哪？**

「他們要帶我去西港。」阿里亞娜臉色蒼白、氣喘吁吁，穿著絲綢洋裝，站在水中。「我不想去！不管你去哪，我都要一起。」

「你在開玩笑吧！」奧拉看著繩索。伊德里斯不見蹤影。也許現在丟下他——丟下他**和**阿里亞娜——獨自往上游走，還不算太晚。

她爬到船頭，拉扯繩索。阿里亞娜踉蹌地朝她走來，水花濺起。

「拉我上船。」她把槳扔進船裡。

「不行。」奧拉嚴厲地說，用力拉扯繩索，雙手灼熱疼痛。她從口袋裡掏出媽媽的刀，開始砍繩，目光不時瞥向森林。一陣風吹拂，柳樹樹枝顫動，發出威脅的聲音。奧拉能聽到搬運工的叫喊，他們越來越接近。她不能再等伊德里斯——一想到搬運工到這裡會發生什麼事，心中的恐懼讓她的背脊刺痛。

她鋸著繩索，但繩索又厚又扭曲。她的刀是為切割植物而設計的，不適合這種堅韌的纖維。

「拉住那裡。」阿里亞娜說。

「什麼？」

「那裡，最下面。」她指著繩索短的那一端。

奧拉用力拉繩尾，一下子就解開了繩結。船開始漂離岸邊。

「快！」阿里亞娜無力地抓著船。

奧拉用船槳戳阿里亞娜的手。

「哎喲！別這樣。拉我上船——」

啪。

那瞬間，奧拉以為是柳樹枝折斷的聲音——然後，她僵住了。

啪。槍聲在樹叢間響起。

是伊德里斯。

奧拉注視森林。搬運工在黑暗中大喊。

「那裡有東西！」一人大喊。

「出來，野獸！」另一人吼道。

過了一會兒，奧拉看見布夏從陰影中走出，步槍瞄準樹叢。

奧拉心一沉。搬運工正對著伊德里斯開槍。都是她的錯。

為了防止船漂走，奧拉迅速伸出雙臂，抓住一把樹葉和樹枝，用力將雙腳固定在甲板上。

放開！她的手拉斷樹枝，柳樹發出低吼。

奧拉依然緊緊抓著樹枝。「對不起，對不起——」

她的袖子被鋸齒狀的樹枝勾住，發出撕裂聲。

「啊，不！」她對柳樹說。「我說對不起了。」

「在那裡！」一個搬運工喊道。「牠要跑走了！殺掉那隻野獸！」

伊德里斯從森林裡衝出，越過柳樹，來到岸邊。他一個跳步，躍過河岸與船之間的水面，砰的一聲落在甲板上。他還來不及喘口氣，奧拉便用力推給他一支槳。但伊德里斯沒有接住，而是驚訝地看著阿里亞娜站在深度及膝的水裡，緊抓小船不放。伊德里斯將阿里亞娜拉上船，看著她癱倒在奧拉腳邊。

奧拉搖了搖頭，用力把槳插進水中，將小船推離岸邊，直到超出子彈的射程。

「你在**想**什麼，把她帶上船？」

伊德里斯咽了咽口水，擦去額頭上的汗水。「不能把她留下。」他依然氣喘吁吁，「你好像不在乎丟下她，或是丟下我。」

奧拉回頭看岸邊，她的心跳得好快。河岸邊聚集了三個黑影，在火光的映照下，狠狠注視著他們。現在最重要的就是離陸地越遠越好。伊德里斯仔細看了奧拉一眼。

「你的袖子撕破了。」他說。

「我知道。」奧拉厲聲回應。「還有，那是什麼聲音？那不是受傷的鹿！」

「受傷的鹿嚇不了搬運工。」伊德里斯一邊看著阿里亞娜，一邊拿起槳，奮力地划。「那是豬猁。而且他們相信了。」

12

夏枯草

與玫瑰油一起製作的敷布可以緩解頭痛；用沸水浸泡可清潔傷口、防止瘀傷。

星星在空中閃爍。伊德里斯點亮船頭的油燈，企圖看清前方。他們不再往西港前進。船燈就像深海魚發出的光芒，慢慢晃動。他們將船駛入墨水河，朝北逆流而上，遠離大海。

伊德里斯和阿里亞娜划著船，輪到奧拉保持警戒，觀察任何可能損壞船底的岩石或倒下的樹木。但她無法不回頭望向營地，隨時擔心搬運工以無法預料的方式從黑暗中現身，奪回他們的船。

樹木遮蔽河岸，枝葉在風中擺動，像是在搖頭。植物隱藏在陰影裡。它們沒有呼喚奧拉。

「注意水面。」伊德里斯看到奧拉心不在焉。

河水又深又黑，小船悄然無聲滑過水面。小船如此輕盈，可以輕鬆逆流而行，讓奧拉好是驚訝。

「沒有樹。」奧拉還在想著那些枝條垂入河中的爆竹柳。「沒有石頭。」

「河流是有生命的。」伊德里斯說，「你現在看到的，可能會在一瞬間改變。保持警戒。」

「我覺得我們應該停下。」後方傳來一個微弱的聲音。這是阿里亞娜上船後第一次開口說話。

「停下？」奧拉說，「你不能只想一起，卻不願幫忙。」

「我只是覺得，如果不清楚前方有什麼，就不該繼續往前走。」阿里亞娜平靜地說。

「你想回去，是嗎？回到荊棘溪。好吧，你可以在下一個村落下船。」

「其實——」阿里亞娜才要開始說更多。

「讓我說完，如果我們繼續往上游走，早上就會經過西港路。對吧，伊德里斯？」奧拉不想聽取阿里亞娜的意見。她對河道又了解多少？

伊德里斯皺眉苦笑。「其實，我贊同阿里亞娜。我們需要停下。」

「我們走得不夠遠！他們會追上來的！」

「即使他們設法通過那片礫石河岸，我們在河道中央，他們無法游來這裡。」

「他們是搬運工。你不懂。」

「我懂。我知道他們是懦夫。他們不會冒生命危險。他們會跑回荊棘溪告發我們。我們停在這裡，比夜裡往上游航行安全得多。」

「從什麼時候開始，搬運工也有計畫了？」奧拉轉而拉扯袖口鬆掉的線頭。

「從他們不想被激流捲入大海，或是讓船被漂流木劈成兩半。」伊德里斯說。

阿里亞娜在昏暗的燈光下四處翻找。船上有一卷繩子，數捆漁網，還有一個生鏽的錨，彎曲得像野豬的牙齒。她和伊德里斯合力將錨拋進河裡。錨發出不祥的聲響後消失。船停下了。

河岸上的樹木依然默默注視。它們沒有洩漏有什麼生物，或是什麼人，潛伏在樹幹間。

「我們應該把燈熄滅，」奧拉想著在哪裡過夜才能遠離其他人。

「不會有人來的。」阿里亞娜說。「伊德里斯說得對。」

「我去看看船上還有什麼。」奧拉氣呼呼地說，突然意識到伊德里斯和阿里亞娜都不站在她這邊。

她推開交錯的腿和船槳，走向船尾。帆布下，阿特拉斯的玻璃瓶詭異地閃爍著，周圍是鯡魚乾和菸葉。伊德里斯和阿里亞娜擠在她身後。伊德里斯將帆布固定，把船變成一個有燈光的洞穴。不管奧拉去哪，伊德里斯和阿里亞娜似乎總是跟著，就像黏在靴子上的牛蒡刺果。

阿里亞娜從毛皮堆下方抽出羊毛毯，像披肩一樣裹在身上。有東西從毯子的摺疊處掉落。她舉起一個皮革零錢包。

「這是舅舅給搬運工的報酬。」她打開錢包，奧拉看到銀幣閃閃發亮。「是運送墨水的費用，也是帶我去西港的費用。」

「他們會想要回這筆錢的。」奧拉想到要在河上漂浮過夜，還是有些不安。她覺得自己像被某個闇黑生物吞進肚子。她想待在花園和邊界森林，聽植物在她周圍低語，而不是待在這裡，聞著上漆的木頭和水中的爛泥。

伊德里斯打破沉默。「為什麼他們要帶你去西港？」

阿里亞娜遲疑一會兒，拉了拉衣袖。

「我舅舅……認為荊棘溪不適合年輕女孩。他覺得西港比較好。」

奧拉翻了個白眼。媽媽曾告訴她，西港的學校只教跳舞和縫紉。這對阿里亞娜而言再合適不過。

「但我不打算去，也不打算回荊棘溪。我要跟著你們。」

「什麼？」伊德里斯瞪大眼睛。

奧拉很震驚。「不可能，我們一找到路，你就回你媽媽那裡。」

「不要。」阿里亞娜堅定地說。

「我們不是為了好玩，阿里亞娜。你不能為了體驗冒險的滋味就跟來。」奧拉想起媽媽去世後，阿里亞娜看著花園，問她製作玫瑰香水的方法。

「我知道。」阿里亞娜說，「我們都很清楚，那種疾病也在西港擴散。城裡不安全，荊棘溪也是。我不可能一個人上岸，期盼湊巧碰到一輛剛好經過的馬車。不管你們去哪裡，我也要去。」

「我不贊成。」奧拉堅定地說：「我要一個人走。」

「和伊德里斯一起。」阿里亞娜提醒奧拉。
「只是湊巧。」奧拉狠狠瞪了伊德里斯一眼。「不過是剛好往同一個方向、坐同一艘船而已。」
「你們不是要去上游尋找疾病的來源？找到阻止散播的方法？」
奧拉停頓了一下。「你怎麼知道？你又偷聽了，是不是？等等，你早就知道我們在這裡！」
「太明顯了。」阿里亞娜說，「是那些搬運工沒有注意到。我聽見你們像狐狸打架一樣在爭吵。你們的出現也太明顯了。」
「鬼鬼祟祟的傢伙，阿里亞娜．克勞。」奧拉厲聲說道。
「我沒有鬼鬼祟祟，」阿里亞娜說，「我很認真傾聽。卡斯特從上游回來就生病了——你不能忽視這個事實。你應該讓別人也看看那本書，或許可以幫得上忙。」
「間諜。」奧拉挖苦地說。
阿里亞娜小心翼翼將十指在胸前交叉。「不是多管閒事，奧拉。這是關心。我一直不明白，人們怎麼可以在這麼小的村子裡生活，然後不再彼此關心。你知道伊德里斯和卡斯特在那間小屋待了多久？四年。你獨自一人生活了多久？四年。在這四年裡，你們幾乎沒有說過話。我不明白。」

伊德里斯低下頭。但奧拉並不感到羞愧。阿里亞娜竟然批評她？阿里亞娜在海德館被伺候得好好的。她根本不知道獨自生存是什麼滋味。她們只是小時候的玩伴，她沒有欠阿里亞娜什麼。

「你花那麼多時間偷偷摸摸監視我們。」

「不是這樣的。」阿里亞娜一邊說，一邊擺弄裙子破損的摺邊。「我爸爸去世後，阿特拉斯……」她停頓一下，沒有把話說完。「總之，我了解，就是這樣。我想幫忙，但我怎麼幫得上忙？離開海德館幾乎不到五分鐘，媽媽就會追上來『保護我的安全』。我根本不可能走進邊界森林，找出疾病的來源。現在我離開那裡了，我想幫忙，我可以幫忙，我一直在調查——」

「我確定我們非常需要有人幫忙縫裙子、折花邊。」奧拉打斷阿里亞娜。

「你的話充滿敵意。」伊德里斯嚴厲回覆。「在船上，縫紉比你以為的更重要。」他拍了拍帆布，奧拉看到一排整齊的縫線。

「像她這樣的人，為什麼會想幫我們？她不是真的想幫忙。她只是想跟著我們，好像這是一場遊戲！這不是遊戲。除非找到阻止疾病的方法，否則我永遠別想要回我的馬和我的花園。」她不想提起媽媽，但這個念頭一直在她的腦海中盤旋，像常春藤一樣緊緊纏繞。

伊德里斯渾身僵硬。「你的馬？你的花園？除非我找到辦法阻止疾病，否則我哥哥就會死！」

奧拉感到臉頰發燙，但她說不出道歉的話。

伊德里斯盯著奧拉，彷彿逼她說出她在乎。但她沒有。她不想要捲入。她想獨自行動，不必考慮伊德里斯、卡斯特或是阿里亞娜。

「好吧，我相信你們會成為很棒的團隊，我要去睡了。」奧拉從毛皮堆裡抓出一條毯子，爬過阿特拉斯裝墨水的板條箱，來到船尾。她把毯子鋪在冰冷的甲板上，從背包裡拿出毛毯，蜷縮在裡面。她很高興能遠離阿里亞娜總是戳到她的手肘，以及伊德里斯那雙動來動去的腿。他們現在低聲耳語，影子在燈光下晃動。

奧拉憤怒、羞愧。如果她自己划船，現在應該已經划到一半了。

她可以聽見阿里亞娜向伊德里斯詢問他哥哥的事，她的聲音平靜、溫柔。

「有一次，他甚至造了一艘小船給我。我有說過他會造船嗎？圓圓的，像個盤子。我把鹿皮縫在船身。我們一起抓小龍蝦。你該看看我沒有槳，在水流打轉的樣子！卡斯特笑個不停，他游在我後面，緊抓著不放。」

奧拉把毯子蓋在頭上。她斷斷續續聽見伊德里斯在說話。「小龍蝦一個一個死去，而我們又急需金子。他回來就生病了。埃利亞斯和艾格妮絲說我不在的時候，他們會照顧他，但是爸爸不在……」

奧拉把手指塞進耳朵。一切感覺都不對勁。不像在邊界森林，和媽媽一起尋找越橘……手中握著隊長的繩子……她不想聽伊德里斯的回憶——那些讓她充滿太多思緒。

現在是阿里亞娜在說話。

「我可以幫忙。真的。我一直在觀察河水。確實有些不對勁，我想查明原因。」

奧拉不滿地嘆了口氣。阿里亞娜和村民一樣，認為疾病是野外傳來的。

奧拉閉上眼，試著聆聽植物的聲音。在船下某處，水蘊草在水流中纏繞、旋轉。她能聽到水蘊草低語——含糊不清，彷彿在對別人說話——不是對她。

她想起花園和小溪的植物。它們以前從未停止說話。她把媽媽的書放到腿上，手指撥弄露在書頁外的乾燥樹葉和樹莖。家裡的植物從未拋棄她。當她聽到蘆葦發出含糊的低語和敲打聲，她意識到，這裡的植物一點都不信任她。

13

水毛茛　　汁液辛辣；可能導致皮膚起水泡。

奧拉突然驚醒。帆布下方一片黑暗，她能聽到木板發出吱吱嘎嘎的聲響。有東西在船身的一側刮擦。奧拉想像有一隻大型河怪伸出巨爪，準備劃開船底，她手臂上的汗毛像蕁麻刺毛一樣令她感到刺痛。砰，聲音響起。砰，砰。

奧拉掀開毯子，急忙爬到船的一側。

砰。

就在她的正下方。

砰，砰。

「水裡有東西。」她說。一陣嘎嘎聲和咔嗒聲傳來。伊德里斯也醒了，他摸索著油燈。奧拉掀起帆布，向河面望。雲層遮住月亮與星星，她看不見樹木和河岸。

「該死的油燈。」伊德里斯說。

「在這裡。」阿里亞娜在黑暗中說道。奧拉聽到她爬到甲板上，便跟著她爬過毛皮和燕麥堆。

砰，再次傳來聲響。砰，砰，砰。

水蘊草在下方低語。聽起來很不安。

阿里亞娜點亮油燈，趴在船的一側，把燈光照向水面。

橙色的光掠過水面，隨著水流中水蘊草的擺動，光線如波浪般起伏。有個堅實的形體。一次又一次撞擊船側。

奧拉瞥見一團捲曲的黑髮、一只藍色袖子，伊德里斯從阿里亞娜手中搶過油燈，高舉……

一個男人的身體困在水草中。他的長髮在水流旋轉，白色襯衫像沉船的帆一樣展開。他一動也不動。臉朝向天空，眼睛閉上。

「他死了嗎？」奧拉低聲問道。

「如果我們不做點什麼，他會沉下去的。」伊德里斯說。「那外套很重。」

奧拉看到男人的外套溼透了。他在水裡待了多久？她看向天空。天色轉為深藍。黎明即將來臨，不久河岸上的任何一位搬運工都會看到他們。

「不行。把他拉上來？我們會翻船的。別管他。他已經死了。」

「不能丟下他。」阿里亞娜說。

「準備划船靠岸。」伊德里斯從舷邊下方抓起一個鉤子，繫在繩子上。他趴在船的一側，慢慢放繩，直到鉤住男人身上外套的領子。他急忙跑到船頭，拉起錨鏈。阿里亞娜把槳放進水裡，錨一被拉起，水流拉著船，把船往下游方向拖，漂離岸邊。

「奧拉，幫幫忙！」阿里亞娜大喊。

奧拉注視著她。「他是個搬運工。」

伊德里斯抓住奧拉手中的槳，用力把他們推向岸邊，同時用鉤子拖著男人。

奧拉雙臂交叉。在一排枝葉柔軟細長的樹枝下，船滑入沙岸。伊德里斯跳下船，把船拉上岸。他涉入水中，試圖抓住男人。奧拉看到，搬運工的外套正把他拖入水面。阿里亞娜爬下船，小心翼翼走向伊德里斯。水淹到膝蓋時，阿里亞娜轉頭看著奧拉，露出驚慌失措的表情。

「我不會游泳。」水毛茛纏繞在阿里亞娜的裙子周圍。**沉到水底**。水毛茛語帶威脅，白色花朵在微光中閃爍。

「好吧。」奧拉邊說邊踢掉靴子。「如果我淹死了……」

她跳進冰冷的河裡，協助抓住男人的肩膀，拖向狹窄的河灘。男人留著鬍鬚，頭髮很長。額頭瘀青，嘴角帶血。他們把他拖上岸時，他一動也不動。

伊德里斯掀開外套，打開男人的嘴。阿里亞娜在伊德里斯後面看著，雙手不停握緊又鬆開。

「我覺得他還有呼吸。」伊德里斯說。

奧拉審視河岸。在黎明曙光中，高高低低的樹林逐漸變得清晰。他們的時間不多了。

「我們救了他，走吧。搬運工如果追上來會把我們帶回荊棘溪，我們永遠沒辦法找到解答。」

「你媽媽不會放棄任何人。」伊德里斯說。「我們必須做我們能做的。他還活著——感覺一下。他在水裡沒有待太久。他渾身發燙。」

奧拉雙頰漲紅，她很慶幸有黑暗的天色掩飾。他說得對，媽媽會幫助任何需要幫助的人。

伊德里斯抓住她的手，放在搬運工的額頭上，摸起來像餘燼一樣高溫，明明應該像河裡的岩石般僵硬冰冷。奧拉抽回她的手，心臟怦怦跳。

「他生病了，我們不該碰他。」

「卡斯特可能就像這樣。」伊德里斯走到船上，拿出一條毯子。

「我們不能待在這，如果生病了怎麼辦？」

「伊德里斯整晚都和卡斯特在一起。」阿里亞娜說。「他沒有生病。」

「我們不知道這是什麼病。」奧拉說。「可能和卡斯特的病不一樣。」

奧拉能感覺到自己心跳加速，腸胃一陣劇痛——這種感覺一直伴隨著她。

「你相信嗎？」阿里亞娜說。

奧拉幫忙阿里亞娜為男人蓋上毯子時，有什麼引起她的注意：男人的手。這隻手看起來完全不對勁。也許只是奇怪的黎明光線，為灰濛濛的大地染上淡藍的色澤。

奧拉小心翼翼掀開男人的袖子。突然，一陣噁心感襲來。男人的手臂布滿纖細的紫色線條，像染料一樣在皮膚蔓延分佈。他的血管好像是墨水畫出來的。

「不。」奧拉感到天旋地轉。

阿里亞娜的臉龐在微光中看起來好蒼白。

「怎麼了？」她問。

奧拉試著不去回想。她一開口，喉嚨像被劃傷一樣地疼痛。

「是同一種病——我曾經見過。」

14

歐白英　又名木茄。有毒：請勿使用。

「卡斯特的手臂——看起來就像這樣，」伊德里斯的聲音顫抖。「我離開時，他的手臂——」

他突然打住。奧拉聽到林間傳來腳步聲。

「把船藏起來。」伊德里斯立刻把燈熄滅。

奧拉眨了眨眼。她感到天旋地轉。聲音在黎明照亮的樹林中迴盪，那不是植物在說話。

「這邊！」一個嘶啞的聲音喊道。「他們不可能走遠！」

奧拉聽到伊德里斯在沙地拖船的聲音。但她無法動彈，即使阿里亞娜一直拉扯她的外套。她盯著男人的紫藍色手臂。

「快點，奧拉。他們來了。」阿里亞娜生氣低語。

奧拉爬過沙岸，來到一片茂密的松樹叢，伊德里斯躲在那裡，蹲伏在一片燈心草中。

「還不能移動。」伊德里斯說。「他們會看到我們把船開進水道。把頭低下。」

不能走。松樹低聲說。

藏起來。燈心草說。

奧拉從扭曲多節的樹幹間望出去，搬運工手中燃燒的火把，彷若清晨陽光下的螢火蟲。起初，他們說話很大聲，粗魯無禮。當火把光照到男人時，他們的聲音轉為驚恐，話語在河灘上迴盪。

「求主憐憫。」布夏高舉火把，金黃色光圈照在男人身上。

「他是從哪裡來的，看起來半死不活？」勒布朗顫抖著說。

「你很清楚他是從哪來的。」布夏說。

「該怎麼處理他？」勒布朗說。

「別管他了。」塞勒斯回答，他用腳輕觸男人。

「不給藥？不治療？」勒布朗說。

布夏搖搖頭。「你們知道弗利特沃特的人說這個是什麼嗎？*Mapafoglia*[1]：樹葉地圖。」

奧拉在布夏點燃菸斗時看到一絲微光。

「它會在你身上畫出地圖。一旦到達心臟，你就完了。」他用棍子掀開毯子，搖搖頭。「你看過弗利特沃特發生的事。最好是把他埋進土裡。」

「一旦出現這些痕跡，撐不了多久。」

男人發出長長的、呼嚕呼嚕的呼吸聲。

布夏搖搖頭。「如果你問我，我會說他沒救了。」

奧拉靠在松樹上尋求支撐，突然兩腿發軟。即使她緊閉雙眼，依然看得見媽媽的皮膚出現細如葉脈，就像墨水地圖的線條。她想起在木屋，媽媽躺在火爐旁，燃

1 編注：作者取自義大利文 mapa（地圖）和 folia（葉子），呼應原文書名的「樹葉地圖」（The Map of Leaves）。

燒薰衣草來掩蓋疾病和汗水的氣味，直到埃利亞斯和艾格妮絲把奧拉帶走……

搬運工的話在她腦裡迴盪。

在弗利特沃特發生的事……

弗利特沃特。松樹附和。

媽媽，以及她手臂上蜘蛛網般的痕跡。

讓我去弗利特沃特。媽媽說。

搬運工阻止她。

奧拉屏住呼吸，記憶不斷湧現。當時不只有搬運工。

阿特拉斯站在門口，寬大的帽簷遮住了他的臉。

「你生病了，伊莉莎白。」奧拉記得阿特拉斯直呼媽媽的名字。「你不能沿著上游走十八英里。」

媽媽和他爭吵，棕色的瞳孔閃爍憤怒的光芒，她的頭髮如藤蔓般扭曲糾結，手臂染上紫藍色的痕跡。奧拉還記得，埃利亞斯和艾格妮絲帶她去「道森和里德」小店，百里香的氣味逐漸消散。

此刻，一股強烈的情緒在奧拉內心湧動。她怒視那些搬運工，強忍徒手撕扯他們的衝動。他們阻止媽媽離開荊棘溪。媽媽生病時想去弗利特沃特——媽媽這麼說總是有她的理由。

男人喘了一口氣，陷入沉默。

塞勒斯氣哼哼地朝地上吐口水。

「他死了，把他埋了。在被發現以前，找到那艘船。他們不會走遠的。」

15

甘草
治療嗓音疾病。除此之外，根部帶有甜甜的香氣。

「我們必須去弗利特沃特。」奧拉激動地說。

「那些搬運工說那裡什麼都沒有。」伊德里斯冷漠地划船北上。當搬運工埋葬男人時，他們悄悄穿過蘆葦叢。

「那些搬運工不知道他們要找什麼。」她說。

「那我們知道嗎？」伊德里斯揚起一邊的眉毛。

「奧拉，你還好嗎？」阿里亞娜小心翼翼地問。她在幾分鐘的時間內，把一個金屬杯浸入河裡，仔細檢查水質。

「為什麼會不好。」奧拉放下槳，擰出馬褲的河水。牙齒止不住打顫。

「因為你媽媽。」阿里亞娜用她的大眼睛看著奧拉。「她死於同樣的疾病，不是嗎？就像那名搬運工——卡斯特也得到同樣的病。」

伊德里斯的目光低垂。

「一切都有關聯。」阿里亞娜說。

有一瞬間，奧拉感覺彷彿有一根旋花植物的莖纏住她的喉嚨。她想起媽媽沒日沒夜地在書上塗塗畫畫，研究植物，把葉子舉到光線下，種子撒在木桌上。

她雙手顫抖，在伸進背包前猶豫了一下。阿里亞娜把杯裡的河水倒進一個空瓶。她把瓶子舉到陽光下，奧拉看到瓶裡的水是灰色的：比荊棘溪的水顏色更深，荊棘溪的水流過沼澤時是清澈的。伊德里斯堅定前行，在水流中用力划著槳。

「靠岸。」她說。「給你們看個東西。」

伊德里斯和阿里亞娜轉向奧拉。伊德里斯放慢速度，讓小船輕輕漂向河岸的香蒲叢。奧拉聽到香蒲發出令人安心的低語，高高的莖頂著種子，好像貓的尾巴。

奧拉小心翼翼攤開包裹書本的油布。她打開封面，翻到媽媽繪製的地圖。弗利特沃特在荊棘溪和北部山脈的中間。她突然感到口乾舌燥，覺得自己像是被一棵剝了皮的樹。她從來沒有讓任何人看過媽媽的書。

「一切都有關聯。」她試著更有自信地說。「小時候，我們會去西港，去長沼地的農舍，去弗利特沃特。媽媽經常去弗利特沃特。她會製作酊劑、軟膏、藥膏等等的東西，你們知道的……」奧拉想起隊長腐爛的腳，希望牠沒有覺得為什麼她還沒有來救牠。「我和她一起去過弗利特沃特——但那時候我還小，我……真的不太記得了。」

她想起很久以前的某個時刻，她裹著羊毛斗篷，舒適地坐在媽媽的腿上，媽媽從木碗裡舀出膏藥，附近傳來轟隆隆的河水聲。那是在弗利特沃特嗎？

「媽媽生病的時候，只想回到弗利特沃特。或許她知道是什麼原因引發疾病而想去阻止，或是她認為那裡可能有治療的方法。我覺得是後者。她知道自己在做什麼。她懂醫術，也懂植物。」

「為什麼？」伊德里斯皺著眉，「你有什麼證據？」阿特拉斯的話在奧拉腦海裡迴盪。**你什麼也證明不了**。沒有人相信她。沒有人相信媽媽知道自己在做什麼。

「如果你媽媽的手臂曾有過那些痕跡，她就會知道為時已晚。你說得對，奧拉——她一定希望弗利特沃特有解藥。」阿里亞娜說。

伊德里斯眼睛一亮。「解藥？」

奧拉緊握媽媽的書，努力不去想如果媽媽找到治癒的方法，她的人生會有什麼不同。如果有治療的方法，阿特拉斯就無法責怪是因為她的植物而引發疾病。他會放過花園。人們不能再說媽媽的壞話。奧拉下定決心。但伊德里斯眉頭深鎖，一臉擔憂地看著她。

「弗利特沃特有山嗎？」他問。

奧拉看著地圖，搖搖頭。「周圍好像都是草地和森林。」

伊德里斯額頭上的皺紋更深了，但奧拉的心像是春天的新芽。她想起那時，她坐在媽媽腿上，看著她舀起膏藥。女人給奧拉一朵玻璃花，感謝媽媽的幫助。她想起玻璃花在她手中的冰冷與沉重。

「那是一個生產玻璃的小鎮。」阿里亞娜的語調像在朗讀。「玻璃是用河沙製成的，在超過一千度的熔爐中加熱。事實上，很多科學儀器……」

奧拉不想往下聽。她只想到一件事。玻璃！媽媽把最好的藥都裝在玻璃瓶。她用木罐裝藥膏，用陶罐裝乾草，媽媽用玻璃瓶盛裝可能變質的藥物。她每次旅行回來，總是帶著瓶子——六邊形的，比墨水瓶大不了多少——裡頭裝滿液體。奧拉記得薰衣草的香氣，松木深沉的煙燻味，玫瑰油的甜美蜜香。全都裝在玻璃瓶裡。如果弗利特沃特藏有媽媽需要的東西呢？某種藏在搬運工視線以外的東西。

一陣興奮湧上心頭。在弗利特沃特，她會找到認識媽媽的人。她會找出他們知道什麼。也許那裡的植物比較友善。也許它們記得媽媽和她的草藥。它們可以拯救奧拉的花園。

奧拉凝視河水，水面在晨光中舞動。弗利特沃特會有答案的。要抵達那裡，她需要伊德里斯和阿里亞娜。她點點頭，覺得現在有把握了——阿里亞娜對著她微笑讓她很驚訝，而伊德里斯從河裡摘下一片香蒲葉，心不在焉地撕成碎片。

「你才剛剛知道那個男人和你媽媽得的是同一種疾病，你就急著下結論……」他長嘆一口氣。奧拉注意到，他把葉子的纖維捻成一條線。她不禁暗自佩服。

「卡斯特時間不多了。」他把線纏繞在手指上。「你確定要這麼做？」

奧拉把臉上的頭髮撥開。「是的。」她堅定地說。她不願承認，但三雙手划槳會快得多。伊德里斯和阿里亞娜可能是她前往弗利特沃特、找到解藥，拯救花園的唯一希望。距離搬運工威脅她的花園那天，已經過了兩夜。他們很快就會舉起斧頭和鐮刀。而卡斯特，他還有多少時間？

「如果你是對的。」阿里亞娜說，「那可能是所有問題的答案。」

「我是對的。我們越早到達弗利特沃特，就能越早回家。」

伊德里斯點點頭。「好吧。」他把線繞在香蒲莖，塞進褲子口袋。他在深藍色外套裡翻找，掏出一綑甘草棒，一根遞給奧拉，一根遞給阿里亞娜，一根放進自己嘴裡。「在前往山裡的路上，可以在弗利特沃特停留。」他繼續說，「但只有一個條件。」

「什麼條件？」奧拉說。

「你和阿里亞娜划船的時候，讓我修補你外套袖子的破洞。看了很不舒服。」

他伸出手，示意奧拉把外套給他。

奧拉嚼了一會兒甘草，嘆口氣，扭動身體，把外套脫下。

「好吧。」她把口袋裡的細繩和香蒲絨毛，整整齊齊放在大腿上。「你要好好修補，」她拿起船槳，「而且要快一點，這裡可不暖和。」

「你會滿意的，等著吧。」

河岸上，植物和樹木發出聲音，催促小船繼續前行。

繼續前進。它們呼喊著。狂野的河流，狂野的森林。

像橡樹一樣古老。它們說。像岩石一樣黝黑。

森林裡的秘密，水裡的秘密。

四天。它們發出回聲。很快，很快。

在海德館，玫瑰在微風中顫動、搖曳。它們看著高個子的男人戴上手套。他騎上一匹棗紅色的馬，馬在夜晚潮溼的空氣中噴氣、甩頭。阿特拉斯調轉馬轡，馬蹄旁的植物被壓扁，葉片瑟縮。阿特拉斯瞥見玫瑰花壇裡的一株植物。銀色籽莢讓他想起銀幣。等他回來，他一定要叫人剷除雜草。雜草一直讓他想起那個**女人**，她從口袋取出種子、四處撒落，彷彿故意嘲弄他。他的目光堅定地注視著森林，策馬奔入夜色，沿著河邊小路，向北而行。

16

斗篷草

生長在較高的地勢。葉子：止血。放一小枝在枕頭下有助睡眠。

小船駛向弗利特沃特，咆哮壩的轟鳴逐漸響亮。他們在距離小鎮一英里遠的地方，水面下隆隆作響，船身震動如迴盪的鼓聲。奧拉沒有忘記不祥的轟鳴。她的手緊握船槳。咆哮壩就像一張巨大的灰色嘴巴，橫跨墨水河。它是一堵堅固的牆，高達三英尺。河水沖向壁面，激起白色的泡沫。黑暗漩渦不停翻滾，朝小船襲來。

讓奧拉忐忑不安的不是咆哮壩。沿着墨水河，她試圖回憶起弗利特沃特。這座村莊好像隱藏在河水薄霧後方。記憶一閃而過，一眨眼就消失。

她記得在陽光明媚的日子裡，她牽著媽媽的手，走在鵝卵石街道，一排玻璃窗光線閃爍；寒鴉在一棟白屋的煙囱上振翅，發出粗啞的叫聲；那棟屋子的大門是鼠尾草色，門前長滿忍冬。還有那張媽媽從床板拉出的小木床。她不記得任何人、任何地方。只記得早晨溫牛奶的味道，咆哮壩永不止息的急流。她試圖掩飾內心的緊張不安。她該如何向人們解釋她來過這裡？她在尋找什麼？小鎮映入眼簾，她感到異常不適。

咆哮壩上方是一排細長的白屋和爬滿攀緣植物的小巷。超過半數的建築物懸在水面上，房屋的地基建在柱子或是棧橋上。房屋的後面是一大片的霧，草地上點綴幾間農舍。在更遠處，奧拉看到那片始終不變的黑暗森林。

小心。河岸上的柳樹說。**注意樹根，注意大壩**。

「注意樹根。」奧拉說。「樹根會拉住你，讓你絆倒。」

「我擔心的是咆哮壩。」小船靠近激流時，伊德里斯說，「掉進去就出不來了。」

他手指發白，緊握船槳，小船將他們引向一條從主河道分岔出來的支流。前方不遠處，奧拉看到一個大型木門，就像兩片巨大的木製翅膀堵住河道。

「這是水閘。」伊德里斯說。「我以前在西港見過。」

「我們沒有鑰匙。」奧拉看著上方雜亂無章的建築，伊德里斯將他們帶入一個巨大的石閘。他爬上梯子。過了一會兒，另一扇門在他們身後關閉。突然間，船看起來好小。

「奧拉，我以為你來過這裡。」阿里亞娜說。奧拉沒有理會她。

「把繩子扔給我，然後抓緊。」伊德里斯已經在她們上方。石閘牆壁滴著水，一簇簇鮮綠色的蕨類植物藏在縫隙中。奧拉把繩子扔給伊德里斯，他把繩子繞在繫船柱上，又扔了回來。奧拉按照指示牢牢抓住，阿里亞娜緊張地看著伊德里斯。他來到最上方的閘門，發現一個巨大的鐵轉盤。他小心翼翼地轉動，船下隨即傳來一陣深沉的咕嚕聲。

「喔，**太有趣了**，水位上升了。這應該是正常的？」阿里亞娜說。

伊德里斯再次轉動輪子，突然一道水流從上閘門噴湧而出。奧拉感覺小船向前擺動，有時會刮到石頭，把他們拉向激流。水流衝入水閘，奧拉集中注意力用力拉繩，水流湧入使他們逐漸上升，直到與房屋同高。水流平息，轉為輕柔的汩汩水聲，伊德里斯打開閘門、跳上船。

奧拉在馬褲上擦了擦出汗的手，抬頭看水閘外那些破敗的房子。沒有人迎接，也沒有人驅趕。他們只聽到船槳在水中輕輕拍打的聲音。窗戶不見一絲燈光，煙囪不見一縷炊煙。

「這裡沒有人。」阿里亞娜說。伊德里斯帶他們來到一座像瘦削的手指伸入水中的棧橋。他的睫毛和阿里亞娜的蕾絲洋裝都沾上霧珠。奧拉把沾滿霧氣的頭髮撥開。他們安靜得像水中的魚。奧拉小心翼翼地觀察河岸。薄霧吞沒視線所及之處，並不罕見；但這裡的小巷安靜得可怕，建築物窗簾全數緊閉。沒有歡迎叫喊，也沒有漁民抽煙。弗利特沃特是一座鬼城。

「疾病可能比我們更早來到這裡。」伊德里斯說。奧拉點點頭。

奧拉緊張地把背包甩到肩上，跳上棧橋。阿里亞娜遞給她一條繩子，她固定船的時候，腳步聲在木板上迴盪。這種寂靜太不對勁了。

「該死的冰冷小鎮。」奧拉試圖解釋為什麼她的手無法綁出她打過上百次的結，但沒有人在聽。他們從船上爬出，抬頭看著搖搖欲墜的房屋，破碎的屋頂瓦片長滿植物，灰泥在眼前龜裂、崩落。

「你知道要去哪嗎？」伊德里斯扣上外套釦子，抵擋寒冷的空氣。

奧拉點點頭，內心卻感到迷茫。如果不是因為轟隆隆的大壩，她會懷疑這是否是他們在找的村莊。在她身後，伊德里斯和阿里亞娜滿心期待，等她帶路。

「好安靜。」阿里亞娜的捲髮無精打采垂在臉旁，她就像一隻急切的小狗，跟在奧拉後面。

奧拉真希望現在只有她自己一個人，她專注看著前方的道路——一條狹窄的小巷，夾在兩棟房子之間，房子向彼此傾斜，甚至屋頂相互碰觸。小巷盡頭，是一條鵝卵石道路和一排褪色的白色建築。每棟建築都有玻璃窗，悲傷地看著空蕩蕩的街道。一串像骨架般豎立的煤氣燈，外觀覆蓋著厚厚的蜘蛛網。奧拉向左看，試圖裝出一副知道方向的模樣。她穿過破敗的建築，希望找到熟悉的門扇或窗戶——隨著每一次轉彎，她的心越來越沉重。弗利特沃特像一座迷宮，薄霧根本幫不上忙。霧色瀰漫在街道，欺騙她的眼睛，每個角落彷彿都有鬼魂或搬運工人。

「我們迷路了嗎？」阿里亞娜問。

「沒有。」奧拉嘆了口氣說。

阿里亞娜緊跟在奧拉身邊，仔細觀察陰沉的街道。

「弗利特沃特地勢很低，這就是為什麼有這麼多的霧。」

「很實用的資訊。你能不能找一找綠色的門，而不是聊天氣？」奧拉匆匆地走向一條小路，阿里亞娜望向一條狹窄的巷子。

奧拉看到一排茂盛的毛地黃，鬆了一口氣，柔軟的葉子沾滿了露珠。她快步向前，好讓自己與植物交談，伊德里斯和阿里亞娜不會聽見她在說話。

「我該走哪一條？」她問毛地黃，眼睛沒有往下看。

冰冷小鎮，它們只是重複了奧拉的話。**鬼城**。

「沒什麼幫助，」她生氣地小聲低語，「我在找一棟房子，門是鼠尾草色的，周圍長滿忍冬。」

薄霧中，毛地黃輕輕搖曳著粉紅色的花朵。也許，和河邊的植物一樣，它們不信任陌生人。奧拉伸出冰冷的手，翻開其中一片柔軟的葉子。葉片背面布滿黑色的斑點。

腳步聲打斷她的思緒。

「我們要去哪裡？」伊德里斯問。

「我們要去找解藥，伊德里斯。」奧拉說。

她絕望地快步走向下一條巷子，建築雜亂無章地擠在一起，玻璃窗破裂，到處都是蜘蛛網，一簇簇蕨類和柳穿魚草靜靜散布其間。每棟建築都掛著金屬招牌，像死氣沉沉的旗幟，伸向薄霧。每扇門都漆成鼠尾草綠色。

「啊哈。」奧拉說。「就是這裡。」

「玻璃匠街。」阿里亞娜讀著其中一個牌子。

「這裡沒有玻璃匠啊。」伊德里斯把鼻子貼在一扇滿是灰塵的窗戶上，向裡面張望。

「不代表沒有解藥。」奧拉說。「我們會找到的。媽媽想回到這裡是有原因的。綠色大門的房子。好吧，我們到了。」

她來到第一扇門，周圍沒有忍冬。好多年過去，也許忍冬早就不在……

她掏出刀子，在門和門框之間橇動，直到門閂咔噠一聲打開。她走進漆黑、充滿灰塵的房間。

像鬼一樣消失。她身後的柳穿魚草說。**只剩下種子和石頭**。

伊德里斯和阿里亞娜在門檻徘徊。

「這裡安全嗎？奧拉。」阿里亞娜低聲說。「你確定嗎？」

眼睛適應了黑暗以後，奧拉看見房間裡一排又一排空蕩蕩的架子和櫥櫃。有個小壁爐，被厚重像是裹屍布的蜘蛛網覆蓋，還有一張擺好茶具的小餐桌。

「找玻璃瓶。」她對伊德里斯和阿里亞娜說。「比墨水瓶小，六角形的。」她跪在地上，用手指在灰塵中畫出瓶子的形狀。「快，它們可能在任何地方——搬運工不會注意到的地方。到處找找看。」

他們打開櫥櫃，拉開抽屜，掀開鬆動的地板，翻找書架。他們尋遍每個蒙塵的箱子和每個布滿蜘蛛網的壁龕。伊德里斯發現一扇通往院子的小門，院子裡擺放金屬工具和一個奇怪的石製圓頂，阿里亞娜說那是用來製造玻璃的熔爐。沒有玻璃，甚至連碎片都沒有。除了窗戶以外，所有的玻璃好像都被河水沖走了。

搬運工的話在她腦海中迴盪。**什麼都沒有了**。他們說。

什麼都沒有了。門前臺階上的柳穿魚草發出回音。

「再試試隔壁。」奧拉擦掉臉上的灰塵，急匆匆跑到街上。第二棟房子向河邊傾斜。門沒有鎖，他們走進去時，地板嘎吱作響，彷彿要把他們摔進翻滾的河水。

臥室壁面發霉，走廊瀰漫河水的霧氣。阿里亞娜問奧拉是否確定，奧拉突然惱火，命令她去翻找一個裝滿舊鑰匙和燭臺的大箱子。沒花多少工夫，他們就發現房子裡沒有任何玻璃。

「繼續找吧。」奧拉從頭髮扯下一隻死蜘蛛，快步走向鵝卵石街道。

「這裡什麼都沒有。」伊德里斯說道。「你只是帶我們繞圈子，天快黑了。該回到船上。」

暮色籠罩，建築物剝落的白色油漆顯得更加黯淡。碩大的銀扇草生長在鵝卵石的裂縫中，重複著伊德里斯說的話。

這裡什麼都沒有。它們說。**這裡什麼都沒有**。

「你媽媽的書有其他線索嗎？」阿里亞娜問。

「沒有，沒有其他線索了。」她感到一陣羞愧。她不想給阿里亞娜看媽媽發燒時寫的潦草筆跡。無論媽媽寫了什麼，都難以辨識。媽媽曾經那麼聰明，給阿里亞娜看媽媽生病寫的字，並不公平。

奧拉揉了揉眼睛。她正要打開第四棟建築物的大門，傍晚的空中飄來一股香氣：熟悉而溫暖的蜂蜜香味。

忍冬。她輕聲對自己說，然後快步向前。

植物無法說話，它們用其他的方式告訴她。她非常熟悉這股氣味。氣味引她走向水邊，走近一棟高大的白色建築。奧拉匆匆爬上石階，來到一扇褪色的綠色大門前。忍冬纏繞的藤蔓，直達屋頂。樹莖布滿黑斑，但仍長出十幾朵花——即使被薄霧打溼，卻依然在晚風中散發蜂蜜般的香氣。奧拉感到一股熟悉的溫暖。這些植物把她召喚到這裡。這一定就是那棟房子。她嘴角掠過一絲微笑。

門開了，映入眼簾的是空蕩蕩的工廠。奧拉看到火堆的殘跡——石煙囪裡燒焦的木頭，以及散落在周圍各種她不認識的金屬工具。這是一個熔爐，就像她在第一棟房子裡看到的一樣。她確信這裡曾住過玻璃匠——但是不見玻璃瓶。左邊是一座螺旋木梯。

她嘎吱嘎吱往上爬，發現自己置身閣樓，透過窗戶可以眺望整個村莊。夜幕低垂，天空深藍。奧拉能看到河道大幅彎曲，像一條絲帶，在樹木和岩石間蜿蜒穿行，流向無邊無際的「未知森林」。她突然覺得自己離家好遠。她想念隊長，想念花園。弗利特沃特的植物和家鄉的不同。就連銀扇草籽莢的顏色也不一樣。在荊棘溪，她熟悉的籽莢是銀色的，這裡的是紫色調，彷彿明月的陰影。

窗邊有張書桌，放有一支蠟燭和一盒火柴。奧拉點燃蠟燭，發現房間裡排滿空蕩蕩的木架，灰塵留下一串指印，看起來很新。她的皮膚感到一陣刺痛。最近有誰來過弗利特沃特？還有誰在**這裡**？奧拉高舉蠟燭，一扇木門通往臥室，裡面有一張黃銅床架，但顯然沒人住在這裡。

她等了一會兒。這張床，沒有勾起她的任何回憶。她彎腰尋找，沒有看到任何的活動拉床。她沮喪地踢了一下床柱，隨即咬住舌頭，不想因為腳趾劇烈抽痛而放聲尖叫。

「奧拉？」伊德里斯出現在門口，阿里亞娜在她身後。「不對勁，我們早該找到解藥。你說過你來過這裡？」

「我來過，和媽媽一起。」

「那為什麼還沒找到解藥？」伊德里斯回應。

奧拉握得太緊，手中的蠟燭開始彎曲。「因為我不記得了，好嗎？我對這個該死的地方一點印象都沒有。」她的吐氣讓火焰搖曳，在房間裡投射出憤怒的光影。

「你看到那些空蕩蕩的架子了嗎？」伊德里斯說。「這裡什麼都沒有。搬運工把這裡洗劫一空。我敢打賭，他們把所有東西賣到西港。」

「伊德里斯說得對，每棟房子都一樣。」阿里亞娜說。

奧拉感覺自己雙頰漲紅。

「我還沒找到解藥。」她強硬地說，目光凝視逐漸變暗的草地。

「我們不能待在這裡。」伊德里斯說。「這裡太——」

「你害怕了嗎？」奧拉說。「我們有蠟燭，可以整夜繼續找。這裡沒有鬼。」

她試圖說服自己。她看著那些指印，開始覺得弗利特沃特不只他們三人。也許是她的想像，但在灰塵和燃燒蠟燭的氣味之外，她聞到淡淡的、熟悉的柴火味，冉冉而升，飄向開闊的天空。

「我們得回到船上。」伊德里斯說。

「解藥就在這裡。」奧拉大喊。「如果你真的想幫你哥哥——」

「你竟然——」伊德里斯的話還沒說完，阿里亞娜抓住他的袖子。望著窗外的她，露出驚恐的表情。

「別說話。」她低聲說。「你看，外面有光。」

她指向森林。伊德里斯立刻舔了舔手指，捻滅蠟燭。奧拉聽到燭芯發出嘶嘶聲，四周陷入黑暗。

「如果搬運工找到我們，你就沒有機會找到解藥。」伊德里斯說。

「那不是搬運工。」奧拉堅定地望向薄霧。「光在東邊。」她把臉貼在窗戶上，感覺咆哮壩的隆隆聲穿牆而來。黑暗中，她能看到森林的輪廓，在森林下方的平地，有火光在閃爍。

「還有人在弗利特沃特。我會找到他們。」

17

橡樹

樹皮：用於鞣製皮革和染紗。
蟲癭：用於製墨。

樹根、凸起的地面、高到頭頂的蕁麻，讓奧拉穿行艱難，半跑半摔。周圍的植物大聲呼喊，葉子沙沙作響。再次聽到植物的聲音，奧拉心跳加速。越遠離河流的地方，聲音越響亮。

靠近森林。蕁麻喊道。

隱密、安全。山茱萸說。

火光；乾燥的土地。野玫瑰在歌唱。

「跟上！」奧拉喊道。「不管是誰，一定知道這一切。我會讓他們告訴我們解藥在哪裡。」

她沿著小路，走向開闊的田野。這裡沒有房屋，咆哮壩的轟鳴只剩下微弱的咕嚕聲，被青草的低語和籽莢的沙沙聲所掩蓋。不管是誰，他們把自己藏得離村子很遠。奧拉跑過草地時，心臟跳得好快。前方，火光在樹叢中如燈塔般顯眼，召喚她靠近。

她就像一隻野貓溜進森林，阿里亞娜和伊德里斯尾隨其後。樹冠遮蔽星光，奧拉聽見最古老的樹木低沉呢喃，它們的根扎入地底。**這裡沒有疾病**，奧拉心想。橡樹、栗樹、山毛櫸：它們發出滿足的聲音，準備在冬天來臨時落葉。一頭鹿發出叫聲，奧拉聽見十幾隻腳蹄踩在充滿水氣的森林地面，四散奔跑的聲音。

走進森林，她舉起手，示意伊德里斯和阿里亞娜停下腳步。火光在他們臉上閃爍著。

「我沒看到任何人，但火已經燒一陣子了。我們去看看吧。」

「也許只有你去看看。」伊德里斯嘀咕，阿里亞娜靠在樹上喘氣。「畢竟是你的主意。」

奧拉翻了個白眼，躡手躡腳走向火堆。

歡迎陌生人。橡樹說。**森林很安全，避風也避寒**。

奧拉安心地邁步走向亮處。在火堆旁的不遠處，一頂帳篷搭在兩棵樹之間，上頭散落的葉片彷彿圍成紅色和橘色的花圈。帳篷外是一輛大型馬車，車輪有橡樹樹幹那麼大。馬車的帆布頂棚以彎曲的木條支撐，出入口有階梯通向地面，車裡裝著牛奶罐和籃子。附近有一堆劈好的木柴，一個飲水槽。奧拉發現在火光的邊緣，有一頭長毛牛在樹下打盹。火堆旁的石堆上放著一個鍋子，奧拉聞到蕪菁葉和咖啡的香氣——還有類似蘑菇的氣味。和弗利特沃特的寒冷不同，這裡溫暖、深沉，充滿人類的蹤跡。牛隻身上的麝香味讓她想起隊長。這不是搬運工的營地。她背對營火，低聲對伊德里斯和阿里亞娜說話。

「有人住在這裡。」她說。

「為什麼他們不住在那些空房子裡？」阿里亞娜說。

「因為他們害怕。」伊德里斯說。「害怕疾病。害怕搬運工。他們是唯一的倖存者……」

奧拉把手指伸進燉湯，還是熱的。

「我們應該躲在這，等他們回來——」

她突然停下。身後傳來樹葉和帆布的沙沙聲。

「嘿！」有人大喊。「離開那裡！」

奧拉轉身，一個頭髮像是稻草的金髮女孩，手持掃帚衝向她。女孩把掃帚刺向奧拉，鼻孔張得大大的。

「我說過了，離開！」女孩瘋狂揮舞掃帚，奧拉被逼得踉蹌後退。

奧拉抓住掃帚柄，穩穩握住。

「別這樣。」她一邊警告，一邊將空著的手握緊。

女孩的頭髮紮成兩條整齊的辮子，臉頰紅撲撲的。當奧拉靠近時，女孩用力推她一下。

「你把病帶到這裡！」女孩說。

「不，我沒有。」奧拉舉起雙手，向後退一步。

「瑪格達！」帳篷裡傳來一個聲音。男孩走了出來。當他走到火光中，奧拉看到他也有稻草般的金髮，臉上也有相同的雀斑。他們是兄妹——比奧拉大幾歲。男孩戴著一條秋天顏色的領巾，一臉嚴肅。

「我們只想問幾個問題。」伊德里斯說。

「你們從哪裡來？」名叫瑪格達的女孩拿掃帚對著他們。

「從荊棘溪。」

女孩睜大眼睛。

「你們這裡曾有過疾病。」奧拉說。「我們只是想問這件事。」

男孩注視奧拉，一臉疑惑。

「我認識你。」男孩向前走近一步。

「後退，馬蒂斯，他們可能生病了！」

「我們沒有生病。」奧拉說。

「看起來像有。」女孩對著阿里亞娜點點頭。

阿里亞娜緊張地拉扯袖子。「我們走了很長的路，我們累了。」

「我們不歡迎陌生人。」瑪格達說。

「她不是陌生人。」馬蒂斯說。「她是奧拉。奧拉・卡森。」

瑪格達不敢相信地瞪大雙眼。「不可能。」她放下掃帚。「她和她媽媽都因為那場病死了。**葉圖病**。」她低聲說。

「那場病奪走我媽媽的性命。」奧拉說。「但我沒有。」

「看得出來。」馬蒂斯冷靜地說。

奧拉咽了咽口水。在她身邊，阿里亞娜拖著腳走近。伊德里斯在陰影中注視。

「他為什麼覺得你死了，奧拉？」伊德里斯問道。

奧拉把目光從馬蒂斯身上移開，轉向伊德里斯。他看起來很緊張。奧拉保持沉默。她也在問自己同樣的問題。

「因為無藥可醫。」瑪格達說。「她得過，並且很嚴重。」

18

金縷梅　用於治療霍亂和痢疾。

令人震驚的訊息像海浪般襲擊奧拉。四雙眼睛盯著她，在火光中閃爍。她無法動彈。整個世界彷彿變成厚重的松焦油，將她團團困住。

阿里亞娜搖晃奧拉的肩膀。「這是真的嗎？」她睜大眼睛問道。「你得過？」

奧拉無法回答。她對瑪格達的話感到震憾：她得過，並且很嚴重。

在他們身後的草地，奧拉聽到青草低語。

發燒。它們說。生病。

「不。」奧拉感到口乾舌燥。「你錯了。」生病的是媽媽；與發燒對抗的是媽媽，她的手臂像紫色墨水一樣深。她，奧拉，怎麼可能得過卻不自知？她怎麼可能康復，而媽媽卻沒有？

世界開始旋轉，她感到暈眩。

「她不記得了。」瑪格達難以置信地看著奧拉。

馬蒂斯走近，眉頭緊鎖，滿臉關切。「你應該坐到火邊，你需要休息。」

庇護。古老的橡樹說。**安全的家**。

奧拉沒有移動。火焰劈啪作響，牛發出深沉的嘆息。

「我不想坐下，我想要答案。」她說。她身邊的阿里亞娜顫抖著。

「坐下吧。」馬蒂斯指著木凳。「即使你不冷、不餓，可是你的朋友們會冷，肚子也餓了。等你吃了東西，我會告訴你我知道的。對抗空腹是沒有用的——一定會輸。」

「坐下吧。」阿里亞娜輕輕推著奧拉往前走。

坐下吧。橡樹發出低沉而溫和的回音。

奧拉卸下背包，坐在長凳上。阿里亞娜坐在一旁，伊德里斯脫下外套，坐在地上。即使有火焰的溫度，奧拉也沒有感到欣慰。她的思緒混亂。馬蒂斯遞給她一碗蘑菇燉湯，她根本吃不下。

「湯會讓你暖和起來。」瑪格達嚴厲地說。

奧拉低頭看著碗。馬蒂斯放了三個包起司餡的圓型餃子，還有一份冒著熱氣的蕪菁。她舀了一匙熱騰騰的燉菜，味道濃郁，帶著泥土的氣息，是森林的味道。奧拉感覺世界逐漸恢復清晰。從吃甘草到現在，已經過了好幾個小時，她沒有意識到自己多麼需要一頓正餐。

奧拉把碗遞回，想再添一份，瑪格達點頭表示同意。奧拉看著瑪格達從鍋子舀出燉湯。瑪格達沒有生病的跡象；馬蒂斯也是。他們全村的人都死了，但不知何故，他們活了下來。

「你們活下來了，怎麼辦到的？」

伊德里斯從碗裡抬起頭，專注聆聽。

「我們正打算問你相同的問題。」馬蒂斯看著奧拉。奧拉覺得他比卡斯特大不了幾歲，但說話的樣子像個大人。

「她不知道。」伊德里斯說。「這就是我們來這裡的原因。你們是唯一的倖存者。告訴我們你們是怎麼辦到的。」

「因為僥倖。」瑪格達望向村子，「你們也看到了。這裡什麼都沒有了。沒有玻璃匠，沒有花。什麼都沒有了。先是植物死了，然後是人。接著，搬運工來了，帶走所有的玻璃。我們搬來這裡，因為還有植物生長。」她轉向奥拉，似乎還想說點什麼，最終選擇沉默。

奥拉確信她知道瑪格達想說什麼：媽媽沒有拯救這個村子。

「這不是媽媽的錯！她走遍各地幫助人們——她用盡全力——沒辦法拯救所有的人並不表示……」

馬蒂斯添柴，讓火燒得更旺，火花如雨點般飛濺至樹梢。

「多虧你媽媽，我們才能活到現在。」他說。

「她要我們搬到森林裡。」瑪格達解釋，「她告訴我們喝泉水，洗手。在她離開前，她給我們——」

「解藥。」伊德里斯語氣肯定。

瑪格達一臉悲傷。「不。她給我們種子，讓我們種南瓜、玉米和蕪菁。要不是她，我們早就餓死了。森林能取得的資源有限。」

「就這樣？」伊德里斯問。

「我不明白。」奧拉說。「她想找到解藥。她生病時只想回到這裡。她一直在寫什麼，努力想找出答案——她知道她必須去弗利特沃特。」

「事情是慢慢發生的。」馬蒂斯說。「你媽媽一有時間就來探訪，大約停留一週，照顧身體不適的人，教他們如何治療感冒和發燒。她帶了種子，讓花草生長。一開始，病情不算太嚴重——幾株植物出問題。一、兩個人生病。」

就像荊棘溪，奧拉心想。她看著伊德里斯和阿里亞娜。

「等等。植物、人。同一種病？」伊德里斯說。

馬蒂斯點點頭。「你媽媽一開始就很認真對待這件事。」他對奧拉說，「她在尋找解藥。問題是一段時間過去，村民開始失去信心。人們一一死去，她不知道該如何阻止。人們說服自己，說她是個騙子。」

「有些人甚至認為是她引起疾病。」瑪格達說。「他們反對她。丟掉她的藥，燒掉植物。他們說了很多難聽的話，不再聽她的建議。當你病倒了，事情就這麼結束了。她想回去荊棘溪。她告訴我們，她會找到解藥，並帶回來給我們……」

馬蒂斯解開領巾，在手裡繞來繞去。

「但她沒有。」阿里亞娜輕聲說，「她不能來了。」

奧拉低下頭。這不可能。

「解藥不在荊棘溪。」奧拉把背包拉近身邊。「解藥在**這裡**。她想回來**這裡**。」

「也許那是發燒引起的胡言亂語。」伊德里斯痛苦地瞪著奧拉，重複她在荊棘溪對他說過的話。

「我們沒有你們需要的東西。」瑪格達說。「搬運工把所有的玻璃瓶都拿走了——天知道為什麼。你也看到植物發生了什麼事。」

確實如此，奧拉心想，村裡的植物幾乎靜默無聲。但在草地、在森林裡，它們輕聲低語，像溫暖的九月夜晚一樣平靜。奧拉無法擺脫一種預感，瑪格達似乎在隱瞞什麼。

這裡很安全。橡樹說。**和貓頭鷹、鹿和樹在一起，很安全。**

「我們沒有騙你，奧拉。」瑪格達堅持。「你生病了。你媽媽帶你去荊棘溪，你就是在那裡康復的。如果有解藥，一定就是在荊棘溪。」

奧拉的胃扭成一團。「你錯了。」她激烈地說。「解藥一定在這裡，只是你不知道。」

「如果這裡有解藥，我們為什麼還要住在一個死氣沉沉的村落邊緣？」瑪格達雙頰漲紅。「為什麼我們要獨自生活？為什麼我們是唯一活下來的人？」

「肯定有什麼。」奧拉看到伊德里斯雙手抱頭，突然湧起一股羞愧感。她曾向他保證，他們會在弗利特沃特找到答案。阿里亞娜只是在他身邊看著，眉頭緊鎖，滿臉憂愁。

瑪格達轉向她哥哥，語氣變得平靜許多。「如果是一把鑰匙呢？」

19

山楂

心臟的補品。

「什麼鑰匙？」奧拉說。

馬蒂斯撥了撥頭髮。「我不想讓你抱太大希望。」

「任何東西都可能有幫助。」阿里亞娜說。

馬蒂斯把手伸進口袋，掏出一個小東西，遞給奧拉。一把銀色的鑰匙。

奧拉小心翼翼接過，鑰匙沒有她的小指長，外型鑄成葉子的形狀，上頭鑲嵌綠色玻璃。她用拇指撫摸光滑的表面。

奶油麵包。橡樹低聲說。

奧拉盯著鑰匙看，然後意識到橡樹的意思。

「這是什麼樹的葉子？」阿里亞娜問。

「山楂。」奧拉想起她和媽媽在春天摘下的第一片葉子，味道就像奶油麵包。

一種常見的樹。荊棘溪有，奧拉的花園裡也有。到處都有，沒什麼特別的。

「你媽媽離開後，我們找到這把鑰匙。」馬蒂斯說。「我們試過弗利特沃特的每一道鎖，沒有成功。這把鑰匙應該屬於荊棘溪某處。」

那片葉子散發熟悉的光芒。不僅僅是因為奧拉對山楂很熟悉。

葉子、紙張和花朵。小草說。

墨汁和水。常春藤說。

「等一下。」她急忙拿出媽媽的書，「我見過這個形狀。」

「在植物上見過？」伊德里斯尖銳地問。

「不是。」奧拉翻開地圖。媽媽畫過荊棘溪和花園的山楂葉——媽媽也畫過其他地方的山楂葉。「**那裡**。」奧拉戳著地圖某處。離弗利特沃特上游不遠，河流分成Y字型。左邊的河水蜿蜒流向山脈；右邊的河道曲折流入樹林。就在右邊分支的上方，媽媽畫了一小片葉子，用小小的字寫下「**這裡**」。

馬蒂斯仔細看著地圖。「那只是沼澤林地，那條路上沒別的東西。」

奧拉的手指沿著較窄的溪流滑動。媽媽用極小的字寫著「**榿木溼地**」。

「媽媽用的符號看起來和這把鑰匙一模一樣，絕對不是巧合。答案就在那裡。」她在地圖前舉起鑰匙，讓大家都能看到。「我們應該去那裡。如果這裡的人把製藥的植物都燒掉了——」奧拉想到自己的花園，胃扭成一團——「如果有機會在那裡找到解藥……」

一直沉默不語的伊德里斯轉過身，憤怒地看著奧拉。

「有機會？我們沒有時間了。我們不能在森林裡漫無目的尋找**一絲機會**。你說會有解藥的！你說我們會在弗利特沃特找到解藥！已經浪費了太多時間——我們沒有時間了——為什麼要這樣？」他怒視奧拉，見她無法回答，他把杯子扔到地上。「我得走了。回到船上。我必須找到真正的解答。」

伊德里斯起身，臉色冷硬如石。

「你不能走！」奧拉也起身。

「為什麼要聽你的？」伊德里斯說，「他們說你得過。如果他們說的是實話，那就表示不知道為什麼，你的病好了。你甚至不記得是怎麼好的。那種植物？荊棘溪到處都是。不過是樹籬罷了。」

奧拉一股怒火湧上。她不是把他們帶到這裡了嗎？她們來到弗利特沃特，找到認識媽媽的人，找到一把只有媽媽知道地方的鑰匙。為什麼伊德里斯不明白，他們已經離答案很近？

「我們有在幫忙，伊德里斯。」阿里亞娜含著淚，她試圖站起來，卻被裙子絆住。「別生氣。」

「你們沒有幫上什麼忙。」奧拉低聲說。「是我找到這裡，找到鑰匙的。」

「其實，鑰匙是瑪格達找到的……」馬蒂斯說。

「我哥哥快死了！」伊德里斯說，「難道我們能做的，就是坐在這裡回憶你媽媽有多了不起，以及那把特別的鑰匙將如何解決所有的問題。你知道嗎？事實並非如此。」

「我們和你一樣想找到解藥！」瑪格達說。

噓。橡樹輕聲說話，彷彿想安慰奧拉。安靜，聰明的女孩。

伊德里斯看著馬蒂斯。「我哥哥卡斯特曾經沿河而上。現在他生病了，快要死了。你一定知道那把鑰匙以外的事。」

火光中，奧拉看到伊德里斯眼裡的淚水。他用袖子擦臉。奧拉緊握鑰匙。疾病從哪裡來的不重要，重要的是找到阻止它的方法。

伊德里斯繼續說。「我必須知道他去了哪裡。快沒時間了——他快沒時間了。」

瑪格達搖搖頭。「我們不去上游，沒有人會去。太危險了。」

「我們得繼續前進。這是唯一的方法。」伊德里斯說。

「不行。」阿里亞娜堅定地說。「我們必須休息。能在火邊待一晚嗎？」她看著馬蒂斯和瑪格達。「明天早上冷靜應對。仔細檢查弗利特沃特的每個角落，然後**謹慎地**往上游走。」

瑪格達點點頭。「我去拿毯子。」

伊德里斯皺眉，回到火邊。奧拉覺得他看起來很疲憊。他們默默坐下時，瑪格達拿著毯子和羊皮出現，他們在火堆旁搭起三個小窩。

安穩地睡吧。高高掛在樹上的槲寄生說道。

馬蒂斯鑽進帳篷，瑪格達爬上馬車，奧拉裹著毯子蜷縮，聽著橡樹葉飄落到林地，**啪答啪答**。今年的樹葉落得早。再過多久，疾病就會蔓延到森林了呢？

秋天來了。橡樹輕聲說。**一切都在改變**。

「可不是嗎。」奧拉望著橡樹，古老的枝條在火光中搖曳。夏天漸漸遠去，她——或許整個世界——似乎沒有多少時間。想到花園和隊長，奧拉不禁顫抖著。還有卡斯特。她和她的小屋之間彷彿相隔百里迷霧。奧拉將鑰匙緊緊握在掌心，試著想像它可以打開什麼樣的門。

20

犬薔薇

果實：去除內部種子的果肉（有刺激性）；煮沸並過濾，製成玫瑰果糖漿。用於治療感冒和流感。

小心，小心！植物喊道。

奧拉突然驚醒。火勢變得很微弱，黎明的曙光照亮樹木。

「怎麼了？」阿里亞娜含糊地問，奧拉掀開毯子，穿上外套。

陌生人。橡樹輕聲低語。

奧拉在樹幹間潛行，望向遠處霧氣瀰漫的草地，以及下方的河流。一盞昏暗的油燈在岸上搖晃移動，兩個模糊的身影。

奧拉感到一陣寒意。她衝回營地，抓起背包，戳了戳伊德里斯的肋骨。他動了一下，看到奧拉的臉，慌忙起身。

「我們得走了，搬運工來了。」

她趕緊走到馬蒂斯的帳篷前，輕聲說道，「搬運工來了。」馬蒂斯頂著一頭亂髮。「最好把火滅了。」

馬蒂斯點點頭，視線始終沒有離開森林。「沿著村莊邊緣的小路，可以走回船上。等一下。」

他把頭探進帳篷，遞給她用布包裹的燻魚、黏糊糊的李子乾、一把紅玫瑰果。奧拉感激地收下。她突然想起荊棘溪的埃利亞斯。他總是在她需要時，帶著實用的東西出現。她只希望當時的自己沒有那麼暴躁。

他們沿著森林的邊緣，穿梭在樹木之間——每個陰影看起來都像搬運工。他們看見河流，穿過高腳建築的支柱，回到那棟高大的白色房屋。植物陷入沉默，奧拉只聽到腳步聲在薄霧中迴盪。

「他們只有兩個人。」奧拉回頭對阿里亞娜和伊德里斯說，「他們在哪？其他人呢？」

「就在這裡。」一個聲音從陰影中傳來。

阿里亞娜尖叫。

像從霧中飄出的鬼魂，布夏現身，抓住奧拉的肩膀。

「抓到你了，河鼠！」他興奮地說。

奧拉抓住他的手，狠狠踢他的小腿。

「放開我，你這隻獵犬！」她憤怒大喊，掙脫布夏的控制。她才剛跑開兩步，就感覺到有人抓住她的背包。「跑！」她對阿里亞娜和伊德里斯大喊。兩人毫不猶豫穿越房屋逃跑。

「過來，女孩！」布夏咆哮，把她拉回。奧拉聞到他口裡臭烘烘的魚腥味，在被他抓住之前，她突然倒在地上，和背包一起從他手中滑出，倒地翻滾，衝向蜿蜒的街道，朝河邊奔跑。

「回來！」布夏大喊。奧拉沒有回頭。她轉向一段狹窄的石階，來到鵝卵石街道。她看到伊德里斯和阿里亞娜正跑向棧橋。

薄霧中傳來的聲音有如野狗嚎叫。

「我們聽得到你的腳步聲！」他們笑著說。

「小丫頭，把銀幣還來！」勒布朗喊道。

「我們會找到你的！」

「我們看到你的船了！」

奧拉聽見毛地黃呼喚她走向河邊。

這邊，這邊！它們呼喊著。

終於，奧拉心想。**就知道你們會記得我！**

奧拉在通往棧橋的小巷裡，追上伊德里斯和阿里亞娜。咆哮壩的轟鳴聲幾乎就要蓋過搬運工的叫喊，在他們身後不遠，奧拉聽到塞勒斯低沉沙啞的聲音。

「別管那些銀幣，把她的書拿來給我。」

奧拉感到一陣暈眩。書？她緊緊抓住背包肩帶。**塞勒斯怎麼知道媽媽的書？**

「找到她！否則就把你的腸子割下來做絲帶。」

奧拉的雙腿無法移動。**他為什麼要那本書？**

「奧拉，快點！」阿里亞娜拉起奧拉的外套。伊德里斯跑在前面，奔向小船。

奧拉感到恐懼，覺得伊德里斯就要把她留給塞勒斯——就像她差點把他丟在枯榆灘一樣。她催促自己繼續前進，和阿里亞娜肩並肩，沿著棧橋飛奔。

伊德里斯正在船上等待。

奧拉心一沉。伊德里斯和她不一樣。他絕對不會拋棄深陷險境的人。他穩住小船，讓她和阿里亞娜爬上船。隨後立即解開繩索。奧拉跌在甲板上，正好看見塞勒斯隱約從薄霧中現身。他用陰沉的眼神注視他們，胸口急促起伏，如果不是因為有河水相隔，他會像是一頭失控的公牛，衝向他們，衝向她背包裡的那本書。

奧拉氣喘吁吁，四處尋找船槳。事情不該是這樣的。搬運工應該去西港。他們要的應該是黃金、銀幣和麥芽啤酒——而不是一本書。

21

對開蕨

在夏季採摘葉片。藥膏：用於治療燒傷和燙傷；泡劑：用於治療脾臟。

離開弗利特沃特以後，河流突然大幅彎曲。樹叢立刻齊身行禮，低垂彷若隧道。在清晨的光線下，水面波光粼粼。在岩石河岸更遠處，奧拉看見歐洲蕨巨大的葉片在樹幹間捲曲伸展，點綴薄霧凝結的水珠。他們小心謹慎地輕聲交談，向北進入真正的荒野。小船很快就會到達河流的分岔點。

未知森林。蕨類植物說，葉片在薄霧中閃耀翠綠色的光澤。

腳步聲隨之而來。生長在岸旁的毒芹說。

繼續前進，繼續前進。苔蘚說。**遠離那些人，遠離野獸**。

奧拉一面划槳，一面壓低聲音嘀咕，「我們正在努力。」但在心裡，她很高興植物開始信任她。她能感覺到它們想要幫助她——儘管它們的莖已經發黑，葉子布滿黑斑。疾病沒有止於弗利特沃特——而是蔓延到整條河。

阿里亞娜透過薄霧凝視，白皙的雙手緊握船舷。奧拉看得出來，她也在擔心搬運工重返，像鯨魚那樣追捕他們。

「他們怎麼這麼快就到弗利特沃特？」阿里亞娜說。

「一定藏了一艘船。」伊德里斯拍了拍自己的額頭。「他們經常在河邊藏船——以防船被偷走。我早該想到的。」

「**偷偷摸摸的癩蛤蟆**。」奧拉有種預感，塞勒斯還在那裡，在他們觸不到的地方。空氣中瀰漫他的氣息。

「他們想要媽媽的書。他們大老遠跑來，就是為了這本書。為什麼？」

阿里亞娜不安地動來動去。

奧拉小心翼翼把背包塞到帆布下，避免被水濺溼。

「我們得盡快前進。」她奮力划槳，抵抗水流。一陣狂風在樹林間盤旋，在水面掀起層層波浪。

「河水越來越湍急了，奧拉。」伊德里斯說。

「要更使勁划。」奧拉堅定地眨掉眼睛的霧氣。

水位上漲。植物說。

拔根的人，毀樹的人。柳樹說。

疾病在蔓延。蕨類植物說。

你能幫助我們，聰明的女孩。你做得到的。

河水猛烈拍打河岸。奧拉繼續前進，心裡更加堅定，為植物為她應援而感到欣慰——即使其他人沒有。

一個小時過去，他們勉強划了半英里。奧拉肩膀疼痛，袖子溼透。風聲呼嘯，嘲笑著小船，就像貓咪伸出爪子，把他們往後扔回出發的地點。

「他們會抓到我們的。」阿里亞娜開始發抖。「他們知道我們走這條路。他們有三個人：他們划得更快、更有力……」

精疲力竭的她把頭埋進手心，強忍住哭聲。奧拉轉頭，不確定自己是對阿里亞娜感到難過，還是對她的抽泣感到厭煩。

「我不能回去。」阿里亞娜說，「還不行。」

「我建議靠岸。」伊德里斯說，「躲起來。讓搬運工直接從我們身邊經過。」

「我們不能停下！」奧拉說，「我們必須繼續前進，去檔木溼地。弄清楚媽媽為什麼要——」

「我告訴過你，我們沒有時間了。」伊德里斯說。「我們得去山裡——和卡斯特一樣。那是在分岔點的另一邊。我們得在這裡靠岸，躲起來。」

「如果卡斯特是去檔木溼地呢？」

「你聽到馬蒂斯說的。那裡除了樹木和沼澤，什麼也沒有。卡斯特沿著河川進入山裡。」

伊德里斯把船推向河邊的水灣。那裡有棵巨大的柳樹，樹根伸進水裡，形成天然船塢。

「你為什麼生氣？」奧拉看著伊德里斯把船頭的繩子繞在柳樹根上，繫好、拉緊。

「因為那條河的上游一定有什麼事發生——比你的鑰匙更重要的事：瑪格達暗示了這一點。這些年來，搬運工一直往那裡走。我得知道為什麼。卡斯特不會無緣無故說河流和山脈一片漆黑。」

「但你不能忘記那把鑰匙，那是媽媽留下的，肯定有什麼原因。」

「你根本不知道自己在做什麼，我們沒有時間等你弄清楚一切。」

奧拉覺得皮膚像被蕁麻刺了一下。正當一切逐漸明朗，伊德里斯卻想往上游，彷彿媽媽的地圖根本不存在。奧拉怒視伊德里斯，抓起背包，爬上岸。

「能不能別吵了？」阿里亞娜說，「太荒謬了。我們需要休息。」

「我要留在船上。」伊德里斯說。

「你應該心懷感激。」奧拉低聲說。他們為什麼不明白去弗利特沃特是個好主意？如果沒有去弗利特沃特，她永遠找不到那把鑰匙。

「你要過來嗎？」伊德里斯一邊爬到帆布下面，一邊對阿里亞娜說。阿里亞娜擰掉頭髮的霧氣，搖搖頭。她從船頭拿出一小盞煤氣燈和一只金屬水壺。

奧拉蜷縮在銀色柳樹底下，留意著河水，阿里亞娜點燃煤氣燈，把收集在帆布上的雨水倒進水壺。

一些模糊的記憶像冬天的暴風雨，在奧拉腦海中盤旋。媽媽從弗利特沃特回來時，手臂上有痕跡。

「喝茶會有幫助。」阿里亞娜從洋裝口袋掏出一把紅色莓果，放進水壺，靜靜等待。奧拉看到她的雙手變得又紅又粗糙，眼睛下方還有黑眼圈。奧拉一直想知道在海德館生活是什麼樣子，阿里亞娜和她媽媽，除了阿特拉斯從西港來訪之外，都是獨自生活。她想起阿里亞娜曾拿著玻璃燒杯站在窗前，不禁猜想她是否在調製香水；阿里亞娜是否還會在課本上畫畫——望遠鏡、水車、發條……

阿里亞娜似乎知道奧拉在想什麼。

「海德館的生活不是你想像的那樣。三年前，舅舅欠債，從那之後，我們幾乎一無所有。」

奧拉回想以前路過海德館廚房時聞到的烤鵝香味。或許阿里亞娜對於「幾乎一無所有」的理解，和她大不相同。

「他說服西港治安官，讓他租一艘船，把墨水運到海外。」阿里亞娜繼續說道。「但他為了省錢，沒有雇足船員。結果船沉了。他欠治安官一大筆錢。」

「你為什麼要告訴我這些？」奧拉生氣地說。她只想靜靜坐在柳樹下。「我不想聽阿特拉斯的事。我不想聽海德館的事。我有自己的事要做……」

「只是想讓你知道，事情不是你想的那樣。」阿里亞娜檢查水壺。「身為監管人的外甥女，爸爸去世後，一切都變了——」

「我不在乎發生什麼，好嗎？」奧拉感到惱火。她想爬到柳樹上，而不是和阿里亞娜．克勞談論媽媽。

阿里亞娜低著頭，看著地面，手指撥弄柳樹根的泥土。她似乎在仔細檢查每一粒細小的塵土。

「奧拉，我看過你媽媽試圖拯救我爸爸。」她直視奧拉的眼睛，「我知道她盡力了。」

奧拉轉過頭，看著柳葉一片片落入河中。

「我不需要你對我好，我只想找到解藥。」

「我們都想找到解藥。」阿里亞娜把茶倒進木杯，遞給奧拉。玫瑰果像紅寶石一樣在水中旋轉。奧拉聞到酸酸的、木本植物的香氣。自從離開荊棘溪，她走了好遠，世界變得模糊不清。她感覺自己像是在風中飄盪的葉子。這一刻，和阿里亞娜坐在一起，一切似乎全都靜止。

玫瑰果酸澀的味道觸及她的舌尖。瞬間，奧拉感覺像是回到過去。她躺在火堆旁，媽媽輕輕擦去她額頭上的汗水，把木杯遞到奧拉顫抖的嘴唇上。為了退燒，媽媽說，你必須喝下它，奧拉。

奧拉倒抽一口氣。記憶湧現，猶如陽光穿越層層的烏雲。她清晰憶起以前的事了。媽媽當時遞給她的就是這樣的杯子。裡面的液體不是玫瑰果茶的赭紅色，而是閃閃發亮的深藍色。

「他們是對的。」她低聲說。

「怎麼了？」阿里亞娜滿臉關切。

奧拉手臂起雞皮疙瘩。世界在她眼前旋轉。

「瑪格達是對的，我確實生過病。一直以來，我不記得了。我想起來了。媽媽給我一種藥，就像你剛才給我的玫瑰果茶一樣。她的藥是藍色的。」

她記得那個房間，又黑又熱。是在弗利特沃特，還是在荊棘溪？她記得那旋轉的液體、火堆冒出的煙、驅散疾病的薰衣草精油。媽媽俯身，讓她喝下藥水。房間裡還有另外一個人，他的臉背對著火光，隱藏在黑暗中。

「弗利特沃特沒有藥。但我確信媽媽有。」她幾乎不敢相信這一切。

從葉子、樹根和土壤獲得的解藥。植物說。

奧拉看到阿里亞娜的目光瞥向她的手腕，似乎在檢查是否有生病過的跡象，然後又看向她的臉。

「那麼你就是證據。」阿里亞娜目不轉睛看著奧拉，眼神流露光芒，「證明這種病是可以治癒的。你媽媽知道自己在做什麼。」

玫瑰果茶讓奧拉暖和了起來。

來自野外的藥。植物說。

植物、葉子、根部和種子。

奧拉心中充滿希望。她打開背包，打開媽媽的書，拿出銀色鑰匙。翻到地圖那一頁，把鑰匙放在媽媽畫的山楂葉圖案旁邊。毫無疑問，它們一模一樣。奧拉感到指尖有股溫暖的感覺。這彷彿是媽媽特意為她留下的訊息，讓她充滿勇氣。她想像媽媽把花浸泡在熱水，直到變成藍色。她還記得藥水觸碰舌尖，那苦澀的金屬味。

是什麼植物能做出這樣的藥？是媽媽曾經用過的根、葉，還是種子？奧拉想到一些含有藍色染料的植物：山茱萸的樹皮、菘藍、越橘……。媽媽一定在榿木溼地找到製藥的植物。這就是她在那片樹叢畫上山楂葉圖案的原因。

她把它藏起來了：遠離世界，遠離搬運工。只有擁有鑰匙的人才能找到它。奧拉需要做的就是沿著溪流前進。這很容易，媽媽甚至畫了她沿途看到的植物——歐洲莢蒾、鳶尾、葡萄葉鐵線蓮。在這個季節，它們就像旗幟一樣鮮豔。

奧拉在手中轉動鑰匙。柳樹輕輕哼唱。她眨眨眼，抬頭和阿里亞娜目光相接。

「我知道我該做什麼了。不是要找到解藥。是要製作解藥。就像媽媽做的那樣。只是……」

她停頓一下，心跳聲在耳裡砰砰作響。

「我們沒有多少時間。」她突然意識到任務艱鉅。

阿里亞娜喝完最後一口茶，把玫瑰果倒在灌木叢裡。她小心翼翼站起，拍掉膝蓋上的泥土，伸出手。奧拉猶豫一會兒。阿里亞娜看著她，臉上充滿希望和信任的光彩。奧拉已經很久沒有見到這種表情了。

「我想你做得到。」阿里亞娜握住奧拉的手，拉她站起來。「我知道你做得到。現在，我們回到河道吧。」

22

毛蕊花

用葉子和花朵製成的藥膏，可用於皮膚；

乾燥的莖可用於生火。

媽媽在地圖上標示「未知森林」。為什麼叫「未知森林」呢？因為沒有人真正抵達盡頭？因為沒有人知道它的故事？柳樹沼澤被巨樹取代，樹幹比他們的船還大，甚至比奧拉的木屋還大。巨樹遮蔽天空，枝幹向上伸展，橫跨河流，彷彿在溪流的上空牽著手。它們座落在礫石岸邊，周圍是雜亂無章的嶙峋巨石和樹木。森林生機勃勃，朝他們逼近。隨著河道變窄，水流漩渦不斷，速度加快。奧拉屏住呼吸，聽到水流穿過岩石的隆隆聲。

快點，快點進入森林。樹上的蕨類喊道。

小心岩石，小心河流。

繼續尋找，繼續航行。它們唱著。

趁還有時間，趁還有希望。

他們奮力對抗水流，但河水一次又一次把他們拉回。河水彷彿變成瀝青，無論他們多麼努力逆流而上，依然不斷拉扯。不久，在旋轉的水流中，岩石露出水面，白色的急流和致命的黑色岩石彷彿形成一座迷宮。

「我們必須同時一起划！」伊德里斯在越來越響亮的水聲中大喊。「遠離岩石。」

「用力！」奧拉雙臂溼透，頭髮被水花濺溼，緊貼臉頰。

「太難了！」阿里亞娜叫道。

「那邊！」伊德里斯揮舞手臂，指向河岸。他們把船從湍急的水道推到淺灘。**這邊！河邊的酸模喊道。平靜的水流，安全的通道。**

即使在這裡，白色的泡沫依然不斷地湧上，像野貓一樣嬉戲，順流舞動。他們好不容易暫停一下，不停地喘氣。

「繼續划。」伊德里斯說。「否則會被沖回急流。」

但阿里亞娜分心了，把槳擱在船的一側。頃刻間，河水從她手中奪走槳，沖向岩石。槳裂成兩半，消失在洶湧的水流中。

「你這個笨蛋！」奧拉喊道，小船向一側傾斜。

「不要叫我笨蛋。」阿里亞娜大喊，臉上都是水。「要不是我，你知道你走不了一半。」

奧拉憤怒地把槳插進水裡。這樣才能阻止小船瘋狂旋轉。從岩石河岸，她聽見纏繞的爬藤懸掛在河面。**河流在前方分叉**。它們說。

根據媽媽的地圖，他們需要在這裡離開主河道，沿較窄的支流通往榿木溼地。

「向右划！」奧拉的牙齒在打顫。

「主河道在左邊，奧拉。」伊德里斯說。「我們要往上游。」

「不，我們走右邊支流到榿木溼地！」

伊德里斯搖搖頭。「我說過，我們不走支流。山——才是我們要去的地方。」

「但伊德里斯——我和你說過！媽媽留下線索。她留下一把**鑰匙**。」

伊德里斯只是繼續划，當作奧拉什麼也沒說。

奧拉臉頰發燙。她不想告訴伊德里斯自己的記憶，特別是當他那麼快就否定了鑰匙。但她咬緊牙關——也許他會明白，這是拯救卡斯特最大的希望。

「伊德里斯，瑪格達是對的。四年前，我確實得過。我想起來了。媽媽給我一種藥——一種藍色的藥——而且有效。」

伊德里斯思考奧拉的話，划槳速度放慢了一點。

「你知道怎麼製藥嗎？」他冷冷地問。

奧拉眨眨眼。

「不知道？奧拉，我們沒有時間了！」

奧拉握拳。「我可以的，我能做出解藥！阿里亞娜相信我，對吧，阿里亞娜？」

阿里亞娜還來不及點頭，伊德里斯就打斷她。

「搬運工差點在弗利特沃特抓到我們——是誰說要在那裡停留？」

「在弗利特沃特停留是必要的！」奧拉突然動怒。「如果沒有停留，就不會發現媽媽救了馬蒂斯和瑪格達——她還留了一把鑰匙！」

「他不是特意留給你的。」伊德里斯說。「她弄丟了，或者不小心留在那裡。這之間有很大的區別。我們沒有時間了。我們往山裡走，就像卡斯特說的。」

奧拉感覺有塊石頭掉進胃裡。「可是媽媽在地圖上留下記號。」

「她只是畫了一片葉子，奧拉！你難道不知道這聽起來有多荒謬？你希望你媽媽的圖畫代表某種意義，但你知道嗎？我們現在身處在一條杳無人跡的河流，離家好幾英里遠。你自己也說過，他手臂的痕跡表示他撐不過一週。我們不能因為你媽媽隨意畫下最喜歡的植物就貿然行動。我們得找出**真正**有幫助的東西。往上走，去山裡，就像卡斯特說的。沒有時間繞道了。」

奧拉踢了一下船側。「那你更該聽我的！媽媽在榿木溼地藏了什麼。我們有鑰匙。你看到搬運工在追那本書——那本書很重要！」

「我不在乎搬運工怎麼想，我們往上游。」

「你不是船長！」奧拉憤怒大喊。

「你也不是。」伊德里斯用力划槳，把船控制在河邊。

快點。酸模喊道。**注意水流**！

「我們投票。」奧拉轉身看著阿里亞娜。

「你不能讓我決定。」阿里亞娜說。「不公平。」

「你真傻，伊德里斯！」奧拉說。「你寧願忽視真相。你只想像卡斯特一樣做搬運工！傻瓜。」

伊德里斯像是被奧拉的話刺傷，尖銳地回應著，「就像你想像你媽媽一樣。」憤怒的淚水不停湧上。奧拉想把伊德里斯推下船。她想把他和船上的愚蠢貨物都扔進河裡。她想撕碎那本書，讓它順著河水漂走。

「你什麼都不在乎。」伊德里斯筋疲力竭，「你只在乎你自己。你不在乎卡斯特，也不想為荊棘溪的人找到解藥。你只想拯救你的花園、你的馬、你媽媽的那些故事。」

奧拉猶豫了。想要拯救這些，難道有錯嗎？這些是她擁有的一切。

「那些不是故事！是科學！媽媽為此付出一生。我可以證明她找到正確的植物！她用一個圖案標記……和鑰匙一模一樣。這再清楚不過，我可以給你看——她畫下沿途的植物，歐洲莢蒾、鳶尾和——很容易找到的——只要讓我……」她把槳放在腳邊，從背包裡拿出書本，迅速翻到地圖那一頁。

「你看！你沒看到嗎？」

「奧拉・卡森，你敢停止划槳試試看！」伊德里斯大喊，小船正捲回旋轉中的水流。奧拉急忙抓住槳，但為時已晚。她感到一陣俯衝，船從淺灘拖入急流，就像一只玩具。

「不！」奧拉大喊，媽媽的書往下滑到甲板。船嚴重失控。船頭急遽向水面傾斜，奧拉被拋向後方——船槳從手中鬆開，消失在模糊不清的水流和岩石中。

他們無能為力。伊德里斯大叫，小船突然向一側傾斜，被拖入湍急的河水，不斷向下，直到撞上一塊岩石，發出巨響。船頭卡在嶙峋的岩石上，河水繼續猛烈拉扯，毀壞船體。在慢動作中，奧拉看到小船被撕成兩半。木頭發出尖叫聲；和她手臂一樣大的木條飛散在空中。她看到阿里亞娜的臉，驚愕、慘白。

接著，她的身體上下顛倒——小船從她上方飛過，洶湧的波浪迎面撲來，像是要抓住她那樣地大聲咆哮，河水冰冷刺骨，最後將她吞沒於黑暗之中。

水下一望無際，黑暗、失去輪廓。奧拉的頭髮纏在臉上，衣服像鉛塊一樣沉重。木頭碎片從她身邊掠過。世界在咆哮，在移動。她無法呼吸。光線照不進來。只聞到水的氣味——如金屬般強烈。

她瞥見媽媽的書，書頁在水中像魚鰭般展開。

奧拉試圖移動手臂，但身體不聽使喚。她大聲求救——聽到的只有水的轟鳴。

在轟鳴聲外，還有其他的聲音。

我們需要你！水蘊草大喊。**不要放棄！**

空氣、陽光！水蘊草喊道。

水蘊草在她周圍甩動。**植物。花園。隊長。**

奧拉奮力掙脫水流的糾纏，衝出水面，發現自己緊緊抓住岸邊的一塊岩石。

她眨去眼中的河水，看見蜷縮在遠方河岸的人影。伊德里斯和阿里亞娜還活著——但他們在河的另一邊。

奧拉迅速伸出另一隻手，抓住一簇酸模。

抓緊。酸模說。奧拉從冰冷的河水掙脫。**強壯的根。**

她站在河岸上，努力平復呼吸。雖然衣服溼漉漉地滴著水，但奧拉胸中湧上一股熾熱的怒火。她怒視著伊德里斯和阿里亞娜。都是他們的錯。如果他們跟著她沿著河道右側前進，一切都不會發生。她感覺像是有根魚叉在胃裡攪動。現在無法沿河而上了。船沒有了。媽媽的書消失了。順著河道往下看，船上貨物的殘跡：皮草、帆布和菸草，都像落葉一樣，在激流中打轉。

河的對岸傳來叫喊。伊德里斯揮手，試圖引起奧拉的注意。但奧拉搖搖頭。她不能跟他們走。伊德里斯認為榿木溼地不重要，他錯了。她解開口袋的釦子。鑰匙還在。

伊德里斯又喊了一聲。

「前面有座繩橋。我看得到。你可以爬過去……」

「我不需要那座愚蠢的橋，也不需要你！」奧拉對喊。

她轉身快步離開岸邊，把湍急的河水拋在身後。植物挺直腰桿迎接她，野草、荊棘和捲曲的莖葉低語著，呢喃著，歡迎她進入森林。

你們會保護我。奧拉心想。我不需要其他人。我一個人可以。沒問題的。

23

歐洲莢蒾　樹皮；用於舒緩疲憊的雙腿。

榿木長得又高又細，根深深扎入水中。奧拉很快意識到，榿木溼地與其說是溪流上的陸地，不如說是一片被水淹沒、無法穿越的森林。大多數森林都有鹿和獾走過的小徑，這裡的樹木卻浸沒在一片深暗、光滑的水面中，樹幹像巨獸的肋骨伸向天空。現在，她明白媽媽為什麼把這裡標記為「**未知森林**」。看起來不像有人走過。

一隻松鴉在樹冠上叫著。奧拉涉水而行，水深及膝，陷入泥濘。她無法辨識媽媽在地圖上標記的路徑，植物的聲音變得微弱、斷斷續續，水面平靜如鏡。

陌生人。纏繞在樹林間，猶如寶石的瀉根莓果發出聲音。

為什麼獨自一人？蕨類低語。**她的朋友在哪裡？**

奧拉腦海中浮現伊德里斯和阿里亞娜待在河邊的畫面。

「不想這些，不想那本書，不想卡斯特可能會死，或是其他任何事。我要找到媽媽的解藥，就是這樣。」

她帶著不屈服的態度繼續向前跋涉，努力朝她認為的東北方走。森林錯綜複雜。她爬過倒下的樹幹，被生長在榿木間的蘆葦和蕨類纏住，踉蹌踏入泥濘，一群烏鴉在驚嚇中衝向天空。她的衣服沉重，四肢冰冷；但每一步都讓她離真相更接近——這個真相可以拯救她的花園，沒有人可以說媽媽的壞話。這個真相——奧拉一想到便渾身顫抖——如果來得及的話，還能拯救卡斯特。

奧拉感到一陣恐慌。如果伊德里斯是對的——如果解藥真的在山裡？

不會的。她心想。**媽媽知道自己在做什麼。我也是**。

一想到那本書隨著小船被沖走，她的心用力一跳。

她把這種感覺壓了下去。

「不。」她對榿木說。「我知道怎麼找到它。」

如果你這麼想的話。苦艾回應，語氣就和她花園裡的植物一樣，充滿懷疑。

媽媽標記的地點位於東北方，森林邊緣的一座小丘。她只需要沿著水路走。她在腦海中想像那張地圖，和媽媽畫的花葉。歐洲莢蒾、鳶尾、葡萄葉鐵線蓮。

她想必沿著她認為是小溪的路線向東北走了一英里。儘管她看不見身後即將西沉的太陽，但她知道樹枝都是向南延伸。

向著太陽，向著陽光。榿木說。

「沒錯。」奧拉感到輕鬆愉快。與墨水河岸那些病懨懨的植物不同，這裡更像是自己的花園。「而且媽媽畫了歐洲莢蒾——就在那裡！」

在黑暗的森林裡，鮮紅的漿果就像玻璃珠一樣顯眼。她的步伐濺起水花，向前行走。

聰明的女孩。灌木歡快地說。

「好。」奧拉自豪地說。「接下來是黃鳶尾。它喜歡淺水……現在是九月，不開花，會有果實。綠色的豆莢，銅色的種子。」

她環顧四周，樹木的根部從水中露出。果然，有一簇籽莢就在浸水的蘆葦與燈心草中。**鳶尾。**奧拉的心用力一跳。她走對了方向。

「最後是葡萄葉鐵線蓮。」

奧拉繼續走著。夏天的時候，這種植物的乳白色花朵會攀爬到樹梢。現在是九月，花朵應該已經變成毛茸茸的種子。植物會向陽光伸展——表示森林的邊緣——然後……

奧拉看到樹叢間的一個缺口。陽光透了進來。

她奮力向前，終於抵達一片林中空地。她穿過了檉木溼地。

快到了。葡萄葉鐵線蓮唱和。

陽光與天空的低語！它們唱著。

隱密之地。聰明的女孩！隱匿之友！

她加快腳步。樹林越來越稀疏，眼前浮現一座明亮的草丘。攀緣植物和黑莓灌木從林中爬出，彷彿努力觸及天空。當奧拉抵達那座在林間升起，彷彿像是一座島嶼的小丘時，她驚訝地喊出聲。

那裡，在黑莓灌木和山楂樹的纏繞下，沐浴在日光裡閃閃發亮的，是一座玻璃小屋。

24

藍薊

毒素或毒液的驅除劑。種子浸泡在水裡，可消除憂鬱情緒。

小屋像一座玻璃教堂，傲然矗立在山頂，俯瞰水面。這座建築沒有比奧拉高多少，但寬度卻是奧拉的三倍。牆壁和屋頂由玻璃窗格構成。窗格大小和媽媽的書本尺寸相似，窗框以螺旋花紋的鐵件製成。

她周圍的黑莓灌木認出她，微微顫抖。

老朋友。它們說。**好久不見**。

奧拉想像媽媽拿著書，爬上同一座小丘，坐在山坡上畫著植物。她想像媽媽俯瞰同一片被水淹沒的林地，望著遠處「未知森林」的參天大樹，以及更遠處的灰白色山脈。她這時才明白，媽媽生病時，不只想去弗利特沃特。她想回到這座玻璃溫室。

奧拉的臉貼近霧濛濛的玻璃門。裡面的植物十分茂密，生猛有力：有的甚至打破玻璃，向天空扭曲。她從口袋裡掏出鑰匙，用拇指撫摸山楂葉的圖案。她的心臟像蛾翼般顫動。在玻璃溫室，她能聽見上百株植物的聲音，像春天的鳥兒歡快地哼唱，嘰嘰喳喳、高聲談論。

她深吸一口氣，將鑰匙插入鎖孔。起初，鑰匙無法轉動。她將一根常春藤的捲鬚從鑰匙孔撥開，鎖門順利滑動。她小心翼翼拉開門，走進溫室。

奧拉一眼就能看出這些植物被妥善保護，沒有受到疾病侵擾。在兩張長長的鐵凳上，幾十株植物從花盆裡掙脫。攀緣植物如瀑布般傾瀉，有些懸掛在椽架上，拖著長長的綠色捲鬚，垂到地面。奧拉注意到，每一株植物都不一樣。有些植物的葉子貼在玻璃上，捲曲纏繞。有些藤蔓隱密垂下一串串的紅色漿果，好像珠寶。木曼陀羅這類植物的花朵，聚集在高高的屋椽上，遍地蔓延的根猶如爪子深入地面。在各種植物之間，奧拉看到從屋頂延伸而下的曲折管道，長長的水槽收集雨水，流向花葉。

她以前從未見過這些植物，但這些植物顯得異常熟悉。奧拉心想，也許她曾經來過，卻忘記了，就像她忘記自己曾經生過病。看著陽光掠過潮溼的葉子，她過了一會兒才意識到，媽媽在她的書中畫過這些植物：標記花朵最細微的特徵，產生花粉、花蜜和種子的地方。有些花是奧拉從未見過的——來自遙遠的異地。媽媽曾舔舐筆尖，讓墨水流動，畫樹莖、花瓣，以及含有花粉的雄蕊。她曾告訴奧拉，在世界各地生長的各種植物，以及幾個世紀以來，用植物製藥的人們、她所知道的故事，以及她想去的地方。

看著植物在溫暖潮溼的溫室裡安全地生長，奧拉的心怦怦直跳。她彷彿瞥見另一個世界，遠離荊棘溪的潮溼與黑暗。如果媽媽還活著，媽媽會帶她來這裡嗎？她們會不會去植物的產地，了解它們可以製成的藥物？

奧拉小心翼翼伸手觸摸一片帶刺的綠橙色葉子。這片葉子在她指尖啪地闔上，讓她嚇了一跳。突然間，植物不再嘰嘰喳喳，而是像一群憤怒的昆蟲一樣嗡嗡作響。

陌生人。

她是誰？

小偷！小偷！植物齊聲喊道。

奧拉迅速把手縮回。

「我不是小偷！」她說。

溫室裡的每一株植物似乎都豎刺，進入戒備狀態。奧拉聞到一朵喇叭花散發的腐肉氣味。深紫色和紅色的漿果，閃爍明亮的光澤。在這些花草中，奧拉認出十幾種有毒植物，有些甚至一碰就致命。在每種植物旁都有一個標籤：媽媽用精緻的手寫字紀錄。奧拉頓時感到一絲恐懼。這麼多的草藥都是用有毒植物製成的。媽媽知道如何處理毛地黃、顛茄；但奧拉不敢嘗試。她咽了咽口水，想到要用可能致命的植物來製藥，她的手心開始出汗。

「我一個人做不來。」她低聲說，現在只想坐在媽媽的大腿上，裹在毯子裡，讓媽媽教她如何辨識植物。她需要幫忙；她需要媽媽。

周圍的植物都在盯著她，它們的刺閃閃發光。她看到一朵花，淡金色花瓣略帶紅色，像是浸過血液，標籤上寫著「木曼陀羅」。一株果實像帶刺蘋果的植物寫著「曼陀羅」。還有一種植物，薄薄的花瓣上帶著紫色，標籤上寫著「天仙子：劇毒致命。」植物擠在一起，彷彿在爭奪空間。奧拉看到一條以紅磚鋪成的小徑穿過溫室的痕跡，位置落在花盆和花壇之間。眼前的植物糾纏在一起，幾乎無法穿越。奧拉抬頭，看到最高的樹莖用力抵住玻璃屋頂，一道呈鋸齒狀蔓延的裂縫就在她的頭頂上方。攀緣植物在小徑上纏繞橫越，像鐵柵欄一樣厚實。

「我是**朋友**。」奧拉說。「我保證。」

植物似乎正在低聲商量，決定她是否值得信任。眼淚刺痛奧拉的眼睛。花園裡的植物從來不曾這樣。這裡的植物為什麼不願意聽她說話？

「我有鑰匙，有看到嗎？」她揮舞著鑰匙。「我不是來傷害你們的，真的！我可以幫助你們——讓你們遠離正在蔓延的疾病——只需要你們幫幫我。」

奧拉聽到樹葉的沙沙聲，雨水從玻璃裂縫處滴落。

「你們認識我媽媽。」奧拉突然喉嚨緊繃。「我來這裡是為了尋找她製藥的植物。一種我現在需要的植物。如果你們能讓我通過，讓我四處找找……」

她小心翼翼走進纏繞的藤蔓和葉片，立刻感到腿上一陣劇烈的刺痛。她大聲咒罵，伸手想拿刀子，才發現刀子不在口袋。她的心一沉——刀子一定和書一起掉進河裡。如果那時她有等伊德里斯和阿里亞娜，也許他們可以幫她。

不，她心想。沒有他們，你也可以做到。我、植物和隊長。她發現自己像在念一首古老的童謠，重複說著。

「你們有在聽嗎？媽媽把植物帶到這裡，是為了確保安全；我不知道是從什麼時候開始，也不知道數量，她從來沒有跟我說。」她一開口，話語輕鬆傾瀉而出。比和伊德里斯、阿里亞娜說話更容易許多。

「她寫過這裡。」奧拉繼續說道。「也許她曾經告訴過我，而我不記得了。我曾經發過高燒，媽媽用這裡的植物把我治好。我必須找到，如果沒有找到，阿特拉斯會摧毀我的花園，永遠不會把馬還給我。他跟大家說，疾病來自野外，大家都相信他。他告訴大家都是媽媽的錯——幾年前海德館的人死去，都是媽媽的錯——阿里亞娜的爸爸過世，也是媽媽的錯。他這麼說，大家也相信了。我得回去證明——證明媽媽自始至終都是對的。證明她真的知道自己在做什麼。」

現場寂靜無聲。植物聚精會神傾聽。

「說點什麼吧。」她說。難道它們不希望拯救她的花園嗎？奧拉不禁覺得它們正在評判她。她想起卡斯特躺在荊棘溪的木屋。她滿懷愧疚，胃一陣絞痛。伊德里斯是對的。卡斯特時日無多。他們如果能及時趕回去救他，已經很幸運了。

「如果能找到，我也可以幫助其他人。」她輕聲說道。

奧拉驚訝地發現自己眼眶浸潤。想起卡斯特獨自躺在家裡，她真的哭了？他是個搬運工；他不需要她的同情。但她想起伊德里斯和阿里亞娜，突然間，她感到孤單。

許多植物。藤蔓親切地說。**很多朋友。**

奧拉吸了吸鼻子，在泥土裡來回踢步。一片雲掠過太陽，溫室籠罩在陰影裡。植物微微顫抖，它們緩慢地、用難以察覺的方式轉動莖和花，試圖追隨光線，奧拉聽到葉子輕輕扭動、沙沙作響。她眨了眨眼，試圖集中注意力。也許是她的眼睛累了——也許是河水模糊她的視線——植物似乎稍微移開了一點，露出奧拉之前沒有注意到的狹窄縫隙。

就在前方，一縷陽光穿過低語的植物，照亮一只六邊形的小玻璃瓶：有裂縫，布滿灰塵，一半埋在泥土裡。

25

南美箭毒樹　可能具有作為麻醉劑的醫療用途，但更常用於箭毒。非常危險，一旦進入血液就會致命。

奧拉從土裡扒挖出瓶子，舉到光線下檢視。這是一個深藍色的玻璃瓶，瓶身又厚又重，無法看清裡面是否裝滿東西。

她翻看瓶底，發現一張標籤，上頭的文字因為日曬和歲月的流逝而褪色。和植物的標籤不同，這不是媽媽的筆跡。字母細細尖尖的，就像荊棘叢上的刺。

這一段文字讓奧拉的手臂起雞皮疙瘩。

一片雲再度掠過太陽，把溫室籠罩在陰影中。奧拉嘆了口氣，瞇著眼睛看瓶內是否有液體流動。

「就是這個嗎？這就是解藥？媽媽真的把它藏在這裡嗎？」

她搖了搖瓶子，試圖拔出瓶塞，但卡得很緊。

「該死。」她用牙齒拉扯軟木塞。

外面又有影子在晃動。

噓。植物突然說。

這次不是雲。外面有人。

躲起來。植物說。

影子移動到門邊。奧拉把瓶子塞進口袋，然後彎下身子，爬到最近的金屬長椅下，躲在藤蔓和蔓生的根莖後面，透過縫隙向外看。

有兩個影子。一個矮小瘦弱，另一個像公牛般寬闊，比溫室還高。

門嘎嘎作響。門把動了一下，但門沒有打開。奧拉屏住呼吸。門一定是在她進來後自動鎖上的。

第三個影子加入他們。高高瘦瘦，戴著寬邊帽。

奧拉的腦海中浮現一段遙遠的記憶，還沒來得及細想，一個尖銳如玻璃的聲音響起。

「砸開。」阿特拉斯說。

一隻巨大的手突然穿過玻璃，拉住門把。塞勒斯用力把門扯開，扔到一邊，彷佛像處理蜘蛛網一樣輕鬆。

大門玻璃破碎，像無數雨滴一樣散落到地面。阿特拉斯、塞勒斯和勒布朗走進溫室。

快跑！植物齊聲低吼。**快跑，我們跑不了！**

奧拉的手指緊緊抓住泥土。她無法逃跑——甚至無法動彈。她太害怕了，害怕一眨眼，他們就會發現她。

阿特拉斯用手撥開纏繞在一起的植物，奧拉的心臟狂跳。他一路從荊棘溪趕來，是為了什麼？他怎麼知道溫室在這裡？

「你還是藏著秘密。」他一面說，一面查看手中的葉子。「藏不了多久。找到那個女孩。」他對塞勒斯說。「把她和其他人帶到北方。把那本書帶來給我。」

塞勒斯從口袋裡掏出一把刀。

「那這些植物呢？」他用那雙發黃的眼睛掃視溫室。

「全都帶走。」阿特拉斯說。「我已經等解藥等得夠久了。」

奧拉用手摀臉，試圖壓住倒吸一口氣的聲音。不。阿特拉斯不可能也在找尋解藥！他對治病救人毫無興趣，一直都是這樣。在荊棘溪，他命令村民砍掉植物、燒毀穀物。他把所有穀物賣去西港，一點也不在乎村民在冬天挨餓。他怎麼可能會想要解藥？他喜歡看別人受苦。他根本不想幫他們。

奧拉現在渾身顫抖。阿特拉斯派搬運工來找她，命令他們拿走媽媽的書。突然間，她想起了那天在海德館，當她告訴阿特拉斯她媽媽知道這種疾病時，他眼中的怒火。這段時間，他一直在追捕她。她很幸運在他找到她以前，便乘坐搬運工的船，離開荊棘溪。

別躲了。植物說著。**快跑**。

阿特拉斯的靴子一步步逼近，奧拉的身體縮得更深，藏進黑暗之中。勒布朗跟在後面，手指滑過一片盛開的花朵。

「別留下任何東西。」阿特拉斯說。「伊莉莎白真傻，她不知道這些能做出什麼。」

奧拉聽見植物被粗暴地塞進袋子，發出尖叫聲，它們傷痕累累，支離破碎。

刀和死亡。植物們說。

危險，危險！

奧拉看著植物倒下，眼裡含著淚水。

「不！」她低聲說。

搬運工越來越靠近，割斷每一條莖。奧拉很快就沒有地方躲。她看到勒布朗的手臂被荊棘劃傷，流著血。

抓住他！顛茄喊道。

用刺扎他！曼陀羅大喊，**像針一樣尖的刺！**

螫他，讓他起水泡。大豕草叫著。

奧拉爬到溫室後方，穿過高大的紫色附子草莖，蜷縮在如簾子般低垂的木本藤下方。她小心翼翼不去碰觸那些木本藤，旁邊的標籤上有媽媽的筆跡，植物名稱旁畫了一個骷髏頭：惡魔的繩索。

別碰！藤蔓喊道。**致命！致命！**

勒布朗咆哮著向前衝，劈開「惡魔的繩索」。

「住手！」奧拉喊道。

致命！植物大喊。

勒布朗的目光與奧拉的視線短暫交會。他看著綠色汁液沾滿全身，逐漸滲入手上的傷口。他急促地倒抽一口氣，攤在地上，雙眼充血，一動也不動。他的呼吸停止了。

奧拉感覺周圍的藤蔓沙沙作響，輕輕顫動，彷彿伸展莖幹，將她隱藏。阿特拉斯大步走來，大衣在身後飄揚，他跨過勒布朗的屍體時，眼睛眨都不眨，像鷹一樣不停搜索，直到目光鎖定藏身於「惡魔的繩索」後的奧拉。他的瞳孔放大，目光銳利，似乎能預測她的每一個動作——她像被獵捕的麻雀一樣陷入困境，無處可逃。

「那個女孩在這。」他轉頭對著塞勒斯說。「把她和其他人一起帶到因肯布魯克。」

奧拉深吸一口氣。**其他人。**伊德里斯和阿里亞娜。

塞勒斯突然闖進溫室。奧拉感覺自己像是被石化。她該怎麼辦？

這邊。藤蔓喊道。

出口，出口！它們叫著。

她沿著牆壁急忙摸索前進，跟隨植物的呼喚。

「塞勒斯，不要碰那株！」她聽到阿特拉斯在她身後大喊。

在一根粗壯的樹莖底下，她發現一個被根撐破的玻璃縫隙。縫隙太小，她擠不過去。塞勒斯以雷霆般的氣勢逼近，如同一頭向前猛衝的公牛。他的臉因為觸碰大豕草而起水泡、破皮。奧拉踢碎玻璃，用手臂掩住臉，爬過狹窄的縫隙。玻璃割傷她的皮膚，她的臉一陣抽搐。

她最後看了一眼媽媽的美麗溫室，逃進森林。

26

紅杉

葉子：用於耳痛的熱敷膏藥。樹液：抗疲勞補品。

奧拉奔跑著。她不知道自己要去哪裡，只知道離阿特拉斯越遠越好。她讓植物帶路，直到遠遠甩開被水淹沒的森林和溫室。筋疲力盡的她，發現自己來到一片紅杉林，樹皮像狐狸一樣紅，樹冠高得消失在霧氣中。

「我跑不動了！」她喘氣，滑倒在地，感覺世界在旋轉。那場船難；陰影中的溫室；勒布朗四肢攤開、眼神呆滯；塞勒斯在後方猛追，玻璃碎裂——她穿過被水淹沒的林地，直到甩開他。

奧拉向後仰，靠在一棵紅杉上。森林裡飄散淡淡的木質香氣，讓她想起隊長的腳。隨著耳裡血液奔流的聲音逐漸消逝，她聽到樹枝上的霧氣滴落，遠處激流潺潺流動，以及偶爾傳來的狐狸叫聲。這裡的植物再次陷入沉默。

「你們怎麼了？」她痛苦地問著，挫敗的淚水模糊了雙眼。「為什麼不理我？」

她用手刮開周圍的泥土——柔軟的松針。她需要找到安全的地方。如果阿特拉斯和搬運工已經追蹤她到溫室，他們很快就可以在鬆軟的林地發現她的腳印。她掙扎著站起身，在樹叢中踉踉蹌蹌地走著，拖著沉重的雙腿，直到發現樹根的缺口。紅杉深沉的低語，讓她的心激動不已。

朋友。它們說。**安全的家**。

裡面很安全。它們說。

「謝謝。」她爬進樹洞時，手臂上的傷口碰到樹根，疼痛讓她一陣抽搐。這棵樹是空心的，樹幹裡頭非常大，不僅足以容納她的整個木屋，還有剩餘的空間。

休息吧，聰明的女孩。紅杉低沉的聲音在奧拉紛亂的思緒中迴盪。她揉揉眼睛。手臂上的傷口在流血。她記得她曾經攀爬河岸上的一棵枯樺樹，摔了下來，媽媽為她包紮傷口。真希望現在也有人能為她做同樣的事。

她拖著身體回到樹洞外，撿起一根掉落的樹枝，折成一小段。她翻找背包，找到火絨盒，裡面有香蒲籽、松樹汁液和打火石。香蒲有點溼，她撕開做成蓬鬆的火絨，堆在巨樹的中央。

「我需要熱水。」奧拉說。「必須生火。別怕。」

她敲擊打火石，火花迸發。她慢慢地將乾燥的木頭放到火上——對紅杉輕聲低語。所有的樹木中，紅杉最不怕火。

她掏出水袋，裝滿樹外坑洞裡積聚的雨水。在松針裡找到一塊石頭，放在火中加熱，再用木棍把石頭扔進水袋。水立刻冒泡，散發熱氣。她清洗手上的割傷和擦傷，往水中扔一把松針，全身無力地靠在樹幹柔軟的內壁，看著火焰將煙霧捲起，彷彿送入煙囪。

儘管身旁有火光的溫暖和森林平靜的耳語，奧拉依然感到寒冷空虛。她已經習慣了伊德里斯憤怒的表情和他的藍色外套。她也習慣了阿里亞娜像一隻好奇的小狗，頂著一頭濕漉漉的捲髮，張著一雙大大的眼睛。沒有他們，這棵樹顯得特別空蕩蕩。

奧拉的腳疼痛不堪，不知怎麼，手還沾了血。她閉上眼睛，靠在樹上，腦海裡浮現的只有阿特拉斯眼睛裡的怒火。

伊莉莎白真傻。他曾經這麼說過。

奧拉努力將這個想法拋諸腦後，專注聆聽遠處的聲音。

他沒有來，至少現在還沒有。

她小心翼翼拿出藍色的玻璃瓶。

會是這個嗎？媽媽給她的藍色藥劑？

奧拉輕輕搖晃不透明的瓶子，什麼聲音都沒有。

她設法拔出軟木塞，往內看。

瓶子是空的。殘留淡淡的金屬味。

奧拉大聲咒罵。

這不可能是媽媽一直尋找的東西，不可能是她想回到溫室的原因。這只是一只被遺忘的瓶子，上面覆滿灰塵和泥土，可能是放在溫室多年，標籤開始剝落。奧拉舉起瓶子對著光，現在她可以看見那些字母——墨跡褪色，不是媽媽的筆跡。

深黑，防水墨。

奧拉想像媽媽在溫室畫著植物，將筆尖浸入墨水。

她擦掉瓶子上的污垢，露出凸起的字母——壓印在玻璃瓶上的字母。

阿特拉斯墨水有限公司。

奧拉厭惡地捶打身旁鬆軟的泥土。她討厭想到媽媽曾向阿特拉斯買墨水。他只想賣墨水賺錢。找到解藥只是他賺錢的另一種方式。他奪走媽媽的植物。媽媽在溫室種下那些植物是有原因的——她把它們藏起來。但是阿特拉斯奪走了莖、根和種子。奧拉強忍住哭聲。媽媽努力的一切都消失了，媽媽關心的一切也不復存在。阿特拉斯就像在吞噬她對媽媽的記憶。他毀滅一切後，還會剩下什麼？

「一大堆黃金。」奧拉低聲說。「就是這樣。」

現在他也帶走了伊德里斯和阿里亞娜。就像從她這裡拿走所有的一切。

奧拉嚼著松針。她想回家。她想在木屋裡入睡，花園在她周圍歌唱，隊長在外面吃草。

朋友們。紅杉說。

「他們不是我的朋友。」奧拉靠在樹幹上，閉上眼睛。

嗯。樹木說。

夜幕低垂，阿特拉斯騎馬向北，進入黑暗，只有一盞提燈微弱照亮前方的道路。他討厭騎馬到山裡的路程。他的大衣在風雨中飄揚，樹木伸出帶鉤的枝條，彷彿想抓住那些膽敢沿著狹窄小徑前行的騎士。但走這條路總比跟著搬運工好，他們在河裡抬著船，沿著陡峭的河岸，前往上游的平靜水域。走這條路才是正確的：不用忍受他們的藍色髒外套和笨手笨腳，隨時把他的玻璃瓶和墨水摔在地上。

阿特拉斯經過一間空蕩蕩的小屋，小屋的花園裡盡是枯萎腐爛的植物。他沒有眨眼，緊盯山頂，厚重的雲層正吞噬一顆又一顆的星星。雨要來了。

很好，阿特拉斯心想。**河水上漲，搬運工順流而下的速度會更快**。

他很滿意。伊莉莎白從未想過這麼做，她怎麼可能會想到？她認為世界的寶藏應該屬於所有的人。她不知道真相：寶藏只屬於那些勇敢奪取的人。他確定，西港的人一定會同意他的做法。

27

圓葉錦葵　　根部：可用於製作舒緩的藥膏。

隔天早晨，奧拉站在翻滾激流上的岩石懸崖，緊緊抓住外套的風帽以抵擋傾盆大雨。她看見下方散落的搬運船殘骸：船篷卡在一棵倒下的樹上，在水流中載浮載沉。她眨眨眼，試圖壓抑沉入水中的記憶。在河岸上，她看到伊德里斯和阿里亞娜曾經站著的腳印，如今積滿雨水。曾經生火的殘跡，如今只剩潮溼的灰燼；一縷一定是伊德里斯修補的破損漁網；一個阿里亞娜用來舀河水的金屬杯。他們曾經待在那裡等她，直到搬運工把他們帶走。

奧拉感覺嘴唇在顫抖。她既疲憊又寒冷。她好想縮在隊長溫暖的脅腹旁。河水在大雨過後不斷上漲，吞沒急流裡的岩石。河水流向弗利特沃特、枯榆灘，以及她的家。

奧拉搖搖頭。雨滴順著脖子不停地流。她向上游的方向眺望，可以看到河流在分叉處，就像一塊被撕裂成兩片的布料。

在她的右邊，河水從榿木溼地緩緩往下流。在她的左邊，源自山間的墨水河，顏色很深，水流平緩，兩側河岸生長著變黑的香蒲和灰白色的荊豆。在灌木叢中，奧拉看到一串小小的半月形印痕，裡面積滿雨水。是馬蹄的腳印。

他們騎馬帶走伊德里斯和阿里亞娜，把他們帶到山裡。

奧拉擦去臉上的雨水。她的雙腿疼痛，好希望此刻隊長就在她身邊。周圍的植物悄然無聲，更讓她感到孤單。

「該死的搬運工。」她邊說邊爬下岩石。「我會抓到他們的，你等著。」她對河邊的荊豆說。

你會抓到他們的。荊豆微弱回應。奧拉繼續前行。

在山的陰影裡，奧拉輕咳一聲。離開森林以後，空氣變得厚重，一層灰色煙霧籠罩。沿著馬蹄的蹤跡，她走向一片灰岩地，眼睛開始流淚，喉嚨被塵土和煙霧嗆住，這些塵土、煙霧像厚重的羊毛斗篷覆蓋整個大地。空中瀰漫煤灰與炙熱的金屬氣味。奧拉專注在自己的步伐上，盡量不去想像搬運工匆忙趕往此處的情景，不去想像阿里亞娜穿著單薄的洋裝瑟瑟發抖，伊德里斯的腿被劃傷，流著鮮血。

為什麼往北？她一面思索，一面穿過蜿蜒的荊豆和金雀花灌木叢。阿特拉斯原本計畫把阿里亞娜送到西港——他們為什麼不往西港呢？為什麼是往山裡走？

「肯定發生了什麼事，對吧？」她對沉默的荊豆說，荊豆只刺著她的外套。「卡斯特知道。伊德里斯知道。我原本應該——」

她吐出一口口水，試圖去除舌尖上的那股金屬味。

前方的山巒有如沉默的灰色巨人。她從未見過如此廣闊的天空——山峰弧線綿延，以荊豆、白樺樹和花楸樹點綴。隨著奧拉繼續前行，樹木變得不過是幽靈般的存在，猶如媽媽用墨水畫出的纖細線條。現在本該是花楸樹結滿鮮紅漿果的季節，白樺樹的葉子應像秋日的陽光那般金黃。然而，這裡的樹要不是光禿禿的，就是枯萎了，黑得像是被火燒過。

原本萬籟無聲的寂靜，被奧拉腳踩粗糙岩石的咯吱聲，以及雨後河水上漲的潺潺水聲打破。當她停下來仔細聆聽，耳邊傳來金屬重擊岩石的聲音。

前方的小路彎彎曲曲，看不見盡頭。奧拉繞過一個個彎道，胃裡一陣翻騰。

彷彿巨人用刀切割大地，削去山脈，只留下一座百英尺高的黑色岩石峭壁。底下的人們如螞蟻般湧動，揮舞手中的鶴嘴鋤，鑿開黑色岩石如同分切肉塊。在他們之間，她瞥見十幾個穿著藍色外套的人。

搬運工。

她悄悄接近，只見峭壁底部有一群建築，隱藏在岩石中。河流變成細細的曲線，黑如焦油。她看到搬運工的船隻繫在棧橋上。隨著煙霧飄散，河邊出現一座高大的建築。那座建築至少四層樓高，一根巨大的煙囪聳入雲霄，噴吐刺鼻的煙霧和煤灰，薰得奧拉的鼻子刺痛，眼中泛淚。一側，一個巨輪攪動灰色的河水，激起的水流像白色雲霧，傾瀉而下。在建築物深處，奧拉聽到不祥的低吼。如果這座建築突然伸展結構，吞噬周圍的一切，她也不會感到驚訝。

搬運工粗獷有力的歌聲穿透濃霧，傳來她的耳邊。

都-轟，都-轟，

空曠的山峰，

都-轟，都-轟，
清新的空中，
我們辛勤勞動，
直到大地荒蕪，
我們歌唱，歌唱，
直到靈魂空無。[2]

在被開挖的岩石山壁中，奧拉看見一列推車從黑暗的缺口裡緩緩出現，每一輛推車都裝滿黑色的泥土。他們不僅開鑿山坡，還深入山的內部。

「該死的搬運工！」她踢開腳邊的一塊小石頭，石頭沿著斜坡滾落，奧拉勉強看見通往河流的馬蹄痕跡。她跟著腳印走，發現馬兒已經涉水過河，走向對岸。

她把馬褲褲管往上拉，脫下靴子，塞進背包。正當準備踏入水中，她發現自己陷入最深的沙子裡：顏色黑得彷彿吞噬了周圍的所有光線。

「那是什麼？」她問河岸上的荊豆。

她掀開風帽，希望聽到植物的回應。陣陣大雨下個不停。她彎下腰，仔細檢查粗糙的黑沙。手裡的沙子不同於河沙——更接近堅硬岩石的碎片。奧拉無法解釋，但它看起來並不屬於這裡。她拾起的沙子從指縫中散落，周圍的河水瞬間變黑，就像被染色。

卡斯特的話再次迴盪。

黑如瀝青。他曾這麼說過。

奧拉踏入冰冷的河水，涉水穿過淺灘，一股恐懼襲上心頭。這裡的河水像是一條薄薄的焦油，順著紫灰色的山坡往下流。她明白了：她越接近源頭，植物就越安靜。河水越黑，植物的莖也越黑。

這就是阿特拉斯的所作所為；她很清楚。這是他的礦場。

這裡沒有任何生物能存活。

2 編注：搬運工角色源自加拿大運送皮毛與貨物的船運工人，以及十九世紀末的「克朗代克淘金熱」，原文歌詞裡穿插法文。

28

香蒲

根部搗碎成粉狀，可以製作治療燒傷和瘡口的敷料。纖維可用於編織，柔軟的絨毛可以填充枕頭或製作蠟燭芯。

還有幾個小時才日落，白晝最後的光線為山巒蒙上一層薄紗。水車上，一盞油燈點亮，刺眼的光芒照亮四周有柵欄的院子。奧拉找到一扇門，小心搖晃。門鎖上了，一些枯死的黑莓灌木枝條在門頂纏繞。門牌上寫著「因肯布魯克：擅闖者格殺勿論」。

奧拉想起阿特拉斯的話：因肯布魯克。她知道自己曾經見過這個詞，在媽媽的地圖上，以及在搬運工小船的側面：**因肯布魯克貿易公司**。

大門上方，奧拉發現有一個縫隙，剛好可以讓一個小孩通過。

「他們一定沒想到。」奧拉低聲說。

她爬上大門，跳進院子，在一片雜亂的建築中蜿蜒穿行，小心翼翼確保自己不被發現，她把外套緊緊拉到鼻子上，避開空氣裡充斥的刺鼻金屬味，那味道讓她的喉嚨深感不適。現在的她已經接近陡峭的山壁，空氣變得涼爽潮溼。她悄悄穿過工棚、食堂、儲物棚和廠房，在這之間，工廠的聲音不停迴盪——奇怪的、咔嗒作響的機械聲，以及急速運轉的水車。奧拉尋找伊德里斯和阿里亞娜的蹤影，但只看到陰影。

當奧拉到達工廠大樓時，她伸長脖子，透過玻璃窗向內看。熔爐熊熊燃燒，發出光芒，照亮裡面的大廳。一台大型機器占據所有的空間，就像巨大的昆蟲正在吞食獵物：機器將一條輸送帶拉向「正在咀嚼的下顎」，那裡有活塞上下運作，輾壓、錘擊、研磨。看見黑色粉末在活塞下方滾動，奧拉深吸一口氣，她確定那就是她在河裡發現的黑沙。在巨型機器的旁邊，奧拉看到一排排玻璃瓶整齊排列，十幾個工人彎下腰，機器將黑色液體灌入瓶中，用軟木塞封口，貼上標籤。奧拉認出那些瓶子。她知道，如果再靠近一點，那些標籤一定寫著：**阿特拉斯墨水有限公司**。

奧拉想起阿特拉斯在海德館的書房，那裡陳列上百種不同顏色的玻璃瓶。她也想起他準備運往西港的瓶子。那些對阿特拉斯來說遠遠不夠。她環顧大廳。這裡有成千上百個瓶子，在熔爐的光芒裡閃爍。阿特拉斯想要更多。他總是想要更多——

所以他來到這裡，來到山裡，製造這些東西。

為什麼不在弗利特沃特？她心想。那裡曾有很多玻璃。**為什麼要來這裡？**

「因為他是個騙子。」她喃喃自語。「無論他在做什麼，都是在隱藏真相。」

奧拉透過玻璃窺看那一排又一排身上沾滿灰塵的工人，裡頭沒有伊德里斯和阿里亞娜的蹤影，也不見阿特拉斯。她繞著工廠悄悄移動，透過每一扇窗仔細觀察。她看到機器、儲藏室，一間有桌子的小辦公室，想著阿特拉斯會把植物帶到哪裡。她咬著袖口，目光掃過院子外的木造建築。伊德里斯和阿里亞娜到底在哪裡？

旁邊傳來一聲金屬碰撞聲，工廠的門打開，橙色光芒灑滿整個院子。奧拉迅速縮回陰影裡。

「一噸松脂岩？」一個聲音說道。奧拉認出那是布夏的嗓音。「你在開玩笑吧。」

松脂岩。從搬運工口中說出，好像那是什麼可怕的東西。

「沒有開玩笑。」塞勒斯輕聲說。「上頭要求天亮前裝載完畢。」

他平靜地點燃煙斗。奧拉在火光中看到那雙泛黃的眼睛。

布夏摸著鬍子，難以置信地搖搖頭。「太多了，工人已經受夠了。兩週前就應該拿到工資的……」他轉身返回工廠，目光越過塞勒斯的肩膀。「我會跟他說我們做不來。」

「你不會這麼做的。」塞勒斯擋住布夏，阻止他回到工廠。「只管裝貨。」

「那孩子們呢？」布夏問。

「在礦山。」塞勒斯笑著說，「讓他們嘗嘗搬運工的滋味。管好他們。我去找阿特拉斯。」

布夏大步走過院子。塞勒斯把煙斗的殘渣倒在地上，用腳尖踩熄餘燼。他嘆了口氣，轉身回到工廠。門在他身後關上，金色的光束照進院子。

奧拉動彈不得。她感覺自己就像變成一塊石頭。塞勒斯幾乎已經明說，伊德里斯和阿里亞娜在礦山——而入口就在附近。奧拉環顧四周。她過河時有看到，不是嗎？山壁上一個黑暗的洞口。在儲物棚、工廠和院子的更遠處。

奧拉猶豫一下，回頭看向工廠。門沒有鎖。她可以偷溜進去，尋找阿特拉斯從溫室帶走的植物，不是嗎？獨自行動會更容易。

工廠上方響起鐘聲。奧拉感到地面在腳下顫動，嚇了好大一跳。上百名男女走出院子周圍的工棚，手裡拿著鏟子、桶子和鶴嘴鋤。他們正在朝山的方向走。朝伊德里斯和阿里亞娜所在的地方走。

她的心怦怦跳動。這是個機會。

她急忙穿過院子，加入工人的隊伍。他們穿過木造建築，排成一列，朝山腳前進。奧拉發現自己在隊伍的尾端，旁邊是推著木車的老婦人。前方的工人點亮提燈，一個接著一個消失在一扇金屬門後，進入岩石裡的一個洞。

奧拉停下腳步。布夏繃著臉站在礦山入口，手扶著門。奧拉本能地抓住老婦人的木車，推車前進。那名老婦人似乎並不在意。她只是費力哀嚎，眼神緊盯布夏。布夏一手持鞭，一手拿著一串鑰匙。奧拉嚥下口水，只敢低著頭往前走。

就在他們即將踏入黑暗時，奧拉猶豫片刻。

隧道口有個銀色的東西，隨著微風飄動。

那是一株獨自生長的銀扇草，從黑暗的岩石中冒出，和奧拉花園裡的銀扇草一樣，明亮清澈，籽莢宛如在柔和光束下舞動的銀月。

「你在這裡做什麼？」她壓低聲音說。

那株植物微微搖曳，對奧拉輕聲耳語，聲音細弱而疲憊。

你做得到的，聰明的女孩。

「進去。」布夏尖銳的聲音就像金屬刮過岩石。奧拉身邊的老婦人點亮一盞油燈，掛在推車上。他們身後的門哐噹一聲關上。聲音在前方黑暗的隧道裡迴盪。

奧拉轉身，匆匆瞥了一眼，那株植物陷入沉默。布夏的影子籠罩門口。她下定決心。現在開始，唯一的路就是往前推進。

29

唇萼薄荷　茶：用於治療百日咳；用布包裹，可驅除床鋪的跳蚤和蟲子。

礦山的空氣腐敗、潮溼，彷彿有什麼東西死在地面下。小路往前方蔓延，就像一條巨蛇。推車上的油燈好比黑暗中的火柴，光線微弱，勉強能照到隧道黑暗的山壁。老婦人推著車，眉頭和橡樹皮一樣皺。

「他會得到報應。」老婦人跟著工人的隊伍入山。

「什麼？」奧拉說。

老婦人沒有回答。奧拉默默前行，推車的橙色小燈發出叮噹聲，他們一路往下，直到腳步聲在更遠的黑暗中迴盪，奧拉意識到他們的位置不再是隧道，而是一個巨大的洞穴。四周燈光如火花跳躍，照亮遠處的角落。

「把車推到水邊。」布夏一邊喊著，一邊從他們身邊擠過去。

老婦人推車向前走。

奧拉看到燈光映照著一座地下水池。一排排的人們在水邊拖著腳步，挪動身體，用圓篩在泥沙中攪動。

老婦人停下推車，找出一個篩子。她彎下腰，把篩子往水裡晃動，直到泥沙裡出現黑色的石塊。她把它們特意挑出，扔進一旁的桶子裡。

「那是松脂岩。」奧拉看著那塊岩石吸收燈光。「從哪裡來的？」

老婦人看了奧拉好一會兒後，朝著洞穴邊緣另一排工人的方向點點頭。那群工人把燈掛在壁面，拿起鶴嘴鋤，猛地敲打山壁，發出響亮的撞擊聲。他們將岩石敲碎，扔進桶子裡。更小塊的岩石飛過空中，滾入水裡。奧拉看見一絲黑色漩渦，像墨漬在水中擴散。她想起她在淺灘看到一樣的黑色岩石。頓時，恐懼滲入心底。墨漬漩渦不只在水面漂浮，它也往外擴散——順著水池流入……

「流入河裡。」奧拉低語。

現在她明白了。

阿特拉斯在山裡開採松脂岩，磨製墨水。這裡並不是什麼地下水池。水從洞穴蜿蜒流向工廠，穿越岩石丘陵，流入森林。這裡是墨水河的源頭。阿特拉斯正在污染水源。

奧拉突然感到一陣寒意。

這就是媽媽生病的原因。這就是河邊植物生病的原因。

奧拉看著破碎的岩石，心跳加速。這條河源自山脈，流向弗利特沃特，流向西港。但不是流向荊棘溪。荊棘溪有自己的源頭，應該不會被污染，除非……

「除非他把污染帶到那裡。」奧拉想起搬運工在海德館附近裝載船隻濺出的墨水；想起海德館附近的松樹，樹根和樹皮因為吸收污染的水而發黑——水順著溪流，流到奧拉的花園，流向她的植物。

「他一直都知道自己在做什麼。」奧拉咬牙切齒地踢開腳邊的岩石，那名老婦人用同情的表情看著她。

「他們不都這樣？」老婦人聳聳肩，繼續篩泥沙。她一邊工作，一邊低沉平穩地哼唱搬運工的歌。

「唱吧，唱吧，直到冬天來臨。」

「你為什麼不做點什麼？」奧拉說。「為什麼要唱搬運工的歌？」

「親愛的，這些歌在成為搬運工的歌之前，是我們的歌。」老婦人說。「我能做什麼呢？我們別無選擇。我們有一半的人來自弗利特沃特，那裡一分錢也掙不到，玻璃匠都離開了。我需要把金子寄給在西港的女兒。站在那邊的傑克森，他的小屋離這裡只有八英里遠。搬運工要他工作。而西塞特，那個拿著鶴嘴鋤的老頭，他欠搬運工錢……」

「為了這些**松脂岩**。」奧拉感覺自己的臉發燙、變紅。「阿特拉斯砍掉了半座山。這些松脂岩正在毒害河流和沿岸的一切。」

「你以為我不知道？」老婦人捲起袖子，奧拉看著蔓延在她皮膚上的淡紫色病痕。

奧拉凝視著。在奧拉心底，她知道她會在這裡看到這些——但看到老婦人手臂上的紫色病痕，她還是感到一陣反胃。

老婦人拉下袖子。

「女孩，這就是**葉圖病**。你為什麼要盯著看？你像是從來沒有見過。」

她伸手抓住奧拉的手腕，眼睛睜得大大的。

「你沒得過？」老婦人低聲說。「為什麼你沒有——」

「不准說話。」搬運工站在水面上的岩石上大喊。老婦人咒罵一聲，繼續篩泥沙。奧拉驚恐地轉過身，看著洞穴裡的工人。她的眼睛適應了昏暗的光線，可以更清楚看到人們的面孔。他們不只是疲憊：他們生病了。只要她的目光所及，都能看到紫色的病痕。有些人坐下來休息，搬運工四處巡視，用鞭子抽打他們的腳，直到他們站起，扛起重重的鶴嘴鋤，繼續工作。有些人提著桶子，踉蹌地晃步，身體倚靠推車支撐，或是跌入水中，痛苦地叫喊。

「不可能，這些人都生病了……」

那個名叫西塞特的老人絆倒了，奧拉看見搬運工急忙趕過去，聲音在洞穴裡迴盪。老人站不起來，搬運工還是對他大聲吼叫。

「起來，老頭！做好你的工作。」

奧拉顫抖著。如此巨大的洞穴，回聲持續不斷，隱隱約約有影子移動。她裹緊外套，一段記憶湧上心頭。

阿特拉斯。四年前，花園旁的小巷。微弱的嗓音，在薄霧瀰漫的花園裡迴盪。

「只怪她太接近野外。」

植物比以往任何時刻都更加大聲吶喊：救救我們，奧拉，救救我們！

搬運工的手臂模糊不清；藍色外套的惡臭陣陣傳來。媽媽臉色蒼白如白樺樹皮，皮膚不再發燙，而是冰冷如玫瑰果結霜。搬運工像抬紙娃娃一樣把媽媽抬走。

「埋在森林。」阿特拉斯的聲音傳來。「埋在那裡。埋在害死她的植物裡。」

奧拉試圖穩住呼吸。這些記憶讓她備感暈眩。

她意識到那名老婦人正在注視她。

「怎麼了，女孩？」老婦人輕聲問。奧拉無法回答，在她腦海裡的感覺太過強烈，無法用言語表達。是阿特拉斯——阿特拉斯下令把媽媽埋在森林裡，沒有地標，也沒有名字。每當奧拉帶著隊長走進邊界森林，她都在尋找媽媽。但她從來都沒有找到過，她從來都沒有親口和媽媽告別。因為阿特拉斯。

奧拉對老婦人搖搖頭。老婦人聳聳肩，繼續篩著泥沙。

阿特拉斯。一切指向阿特拉斯。奧拉內心有一道裂縫。每當她回憶起與阿特拉斯有關的過往，都在撬開這道縫隙。

四年前，他說了同樣的謊。他想讓所有人認為是植物的問題——植物以及伴隨植物生活的人。而不是他的墨水有毒。他編造謊言，只為了保護自己的生意。

奧拉想像卡斯特用鑿子和大槌切割岩石，想像他懷抱多賺一點金子的希望來到這裡。她好想知道他是什麼時候發現自己生病了，發現這裡的每個人都生病了。她想到那個漂浮在河上的男人。

如果她、伊德里斯和阿里亞娜待在這裡太久，他們也會生病的。

她必須找到他們，帶他們離開這裡。

奧拉抓起油燈，擠過工人。她覺得噁心。阿特拉斯明明知道自己在做什麼，他的礦山毒害河流。這就是他想要解藥的原因，為了掩蓋他的欺騙。他鑿開這座山，摧毀一切——為了什麼？為了賺更多的錢？

一道明亮的銀色光線吸引奧拉的目光。

她想到礦山入口處，那株銀扇草的淡銀色籽莢。為什麼它能在這裡存活，其他植物卻不行？

奧拉急忙走近，高舉手上的油燈。

那不是一株植物。那是一件蕾絲洋裝。

阿里亞娜。

30

薰衣草

一種用於香膏和藥膏的香甜精油；在枕頭放一小枝薰衣草，可以安撫焦慮的心情。

阿里亞娜用圍巾把捲髮紮在腦後，穿著伊德里斯的藍色外套。她目光堅定地從泥沙中挑選出松脂岩的碎片。她的手臂在顫抖，勉強舉起滿是泥漿的篩子。

奧拉心跳加速。阿特拉斯知道搬運工找到阿里亞娜，然後把她帶到這裡嗎？還是他決定把阿里亞娜留在礦山，讓她保持沉默——而不是送她去西港？

奧拉曾因為阿里亞娜嬌生慣養而譏笑她。如今，看著阿里亞娜，奧拉感受到一種奇怪的情緒。這是同情嗎？

她猶豫了。上次見到阿里亞娜是在急流。她離開了她，拋下了她。奧拉想告訴阿里亞娜，她很抱歉——她不是故意讓事情變成這樣。但她不知道該如何表達，胸口像是被纏繞的旋花越勒越緊，淚水刺痛她的眼睛。阿里亞娜一定再也不想見到她。她深吸一口氣。

「阿里亞娜，我——」

阿里亞娜轉身看著奧拉，雙眼因為喜悅而睜大，隨後轉為恐懼。

「別在這。」她打斷奧拉，目光迅速掃視四周。她帶奧拉遠離燈光，遠離搬運工，走進暗處，那裡的松脂岩壁有著凹凸不平的開鑿邊緣和幽暗隱密的角落。她從口袋裡掏出一盞用核桃殼做成的小燈，燈芯是由香蒲製成。

「伊德里斯。」她一邊解釋，一邊點亮那盞小燈，燈火微弱，剛好足夠讓她們看清周遭，同時不至於照亮她們以外的地方。奧拉看到燈芯被整齊擰形。要駕馭香蒲並不容易，她對伊德里斯感到欽佩，也感到擔憂。

「他在哪裡？」奧拉問。「伊德里斯。」

「他沒事。」阿里亞娜聽起來有些上氣不接下氣，目光緊盯布夏。他在工人間徘徊，慢慢靠近。「我會解釋的——我們沒有太多時間。你看。」她從藍色外套拿出第二件物品。

那是媽媽的書，柔軟的皮革封面和褪色的金色字體，精心縫製的書脊依然緊緊固定書頁，夾頁上方露出被壓平的樹葉和花朵，好像這本書還活著、還在生長。一切都還好好的。

奧拉心中湧起一種久違的溫暖和希望。那是坐在媽媽腿上，裹著毯子，在火旁取暖的感覺。媽媽翻著書頁，手指在字母上遊走，教奧拉閱讀文字。淚水再次刺痛她的眼睛。

阿里亞娜看著她，溫柔的眼神滿是關切。奧拉不禁咬唇。為什麼阿里亞娜不恨她？為什麼她沒有因為她的離開而大聲斥責？

「我有好好保管這本書。」阿里亞娜把書遞給奧拉。「給你。」

奧拉說不出話。她撫摸封面，媽媽的話語流回她的心中。但她不敢打開，害怕看到墨水被河水沖刷，再也無法閱讀。

阿里亞娜輕輕打開封面。河水的藍色約略褪色，媽媽用來繪製花朵的粉色和紫色也是。但是黑色的字跡依然像剛下筆完一樣清晰可見。奧拉困惑地盯著。

「奧拉，這本書是用防水墨寫的，掉進河裡還能保存下來，真是不可思議。」

奧拉為媽媽感到驕傲。她的手指輕輕沿著地圖移動。

「防水墨。」奧拉說。「阿特拉斯的墨水。」

阿里亞娜點點頭。「用松脂岩製成的。」

「松脂岩有毒。」奧拉說。「它在河裡，它——」

她話說到一半停下，她突然意識到這一切真正可怕之處。

她想起媽媽曾舔過鋼筆筆尖，讓墨水流動。那是她和阿特拉斯買的墨水。

「不！」她緊緊抓著媽的書。「不—他明知有毒，還是賣給她！」

怒火在奧拉體內燃燒，彷彿每一滴血液都來自沸騰的松焦油。她猛地吐氣，鼻孔張大，目光越過工人，望向隧道。她現在只想跑到工廠，去找阿特拉斯……

「我知道，奧拉。太可怕了，不是嗎？」

阿里亞娜將冰冷的手放在奧拉的手上。她靠得更近，奧拉感受得到她散發的平靜。

「聽著。」阿里亞娜低聲說。「我還發現一件事，整晚無法入眠。」

「你讀完了。」奧拉感覺自己的臉漲紅。以前從未有人讀過媽媽的書。

「對不起，奧拉。」阿里亞娜輕聲說。「我知道這是你的書。但我不得不讀。奧拉，你媽媽知道松脂岩。她知道阿特拉斯打算用它製造防水墨。」

阿里亞娜小心翼翼打開書本，書頁仍然有點潮溼。她翻到最後一頁——媽媽的文字在這裡變成亂塗亂寫，奧拉感到一陣悲傷——她不想讓任何人看見媽媽在生病時寫的東西。媽媽很聰明，媽媽是個科學家。讓別人看到她潦草的字跡很不公平。

阿里亞娜眨眨眼，大大的眼睛在燈光下閃爍，彷彿看穿奧拉的心思。

「這不是隨意塗寫的。」她低聲說：「是密碼。」

「什麼？」奧拉說。

阿里亞娜探頭向外看。布夏離得更近了，正對一個掉進水裡的年輕女子大喊。

「如果你媽媽找到治癒疾病的解藥，她**一定**知道松脂岩的事，她應該知道為什麼松脂岩會造成傷害，以及如何阻止。所以我一直尋找，直到找到為止。你看。」

在看似胡亂塗寫的地方，有一個小小的、細長的、彎曲的字：**松脂岩**。奧拉的手臂起雞皮疙瘩。她再次對媽媽感到驕傲，手指沿著墨漬、沿著未完成的樹葉以及瓶瓶罐罐的圖畫移動。書頁上滿滿的數字與符號，彷若正在爭奪更多的空間。是**密碼**。

「等等解釋給你聽，現在我們沒有太多時間，他會發現我們不見了。」

那名年輕女子躺在水裡，一動也不動。一名老人衝到布夏面前，面紅耳赤地對他吼叫。奧拉曾幫忙推車的那名老婦人，正在朝布夏揮舞；另一個女孩手握鶴嘴鋤。他們的聲音在洞穴中迴盪。

「這樣是不對的——我們需要休息，需要食物。」

「藥在哪呢？」

「他會付給我們的金子呢？」

阿里亞娜把奧拉拉回陰暗處。「聽著，我必須告訴你這些，以防有事發生。」

「什麼事？」奧拉的膝蓋不受控地顫抖著。「**伊德里斯在哪裡？**」

「等一下告訴你，我保證。」阿里亞娜翻開媽媽的書，開始朗讀。

「我用密碼，因為我害怕阿特拉斯會發現我正在做的事。他不會將解藥分享給需要的人。他不想幫助受苦的人。他說我可以在他的實驗室，用他的設備研究解藥。但他像老鷹一樣盯著我。我擔心他想要解藥，不只是為了自己——讓自己對這種岩石免疫——而是想要賣掉它，以少數人能負擔得起的高價售出。」

「我研究出松脂岩的成分：它具有類似放射性元素的特性。它會通過接觸等方式進入人體。病情會隨著時間流逝而變得越來越糟。」

「碰觸岩石。」奧拉輕聲說。「喝那些水。」

「我沒有多少時間了。」阿里亞娜聲音顫抖，「但有一種植物——這種植物能與松脂岩結合，像是從傷口中抽出毒素。這些植物想幫助我們。它知道松脂岩必須留在地下。我收集了種子，帶到阿特拉斯的礦場——希望種子生長，這是唯一能在松脂岩存活的植物，也是我們唯一的希望。」

阿里亞娜停下。這一頁之後都是空白。

「沒有了嗎？」奧拉說。

「就到這裡。」阿里亞娜說。

她闔上書，把書還給奧拉。

「謝謝你幫我保管。」奧拉說。

阿里亞娜點點頭。她環顧礦場，神情擔憂。工人們安靜下來。

「別看。」她說。

太遲了：奧拉探頭向外看，布夏正拖著那名女子無力的身體，走向一輛木製推車。她心中湧起一陣不祥的預感，就像一隻被困在洞穴中的兔子，洞穴外都是獵犬。她將指甲掐進掌心，努力驅散搬運工把媽媽從花園裡抬走的記憶。

她轉頭看向阿里亞娜，聲音因恐懼、寒冷而顫抖。

「我們得離開這裡。」她將媽媽的書塞進馬褲後面，藏在外套下。「我們必須找到伊德里斯，現在就得離開。」

阿里亞娜絕望地搖搖頭。「搬運工今天早上把他帶走，他在工廠。和阿特拉斯在一起。」

31

小米草　用於治療視力疾病。

奧拉抓起一盞壁燈，牽起阿里亞娜的手，快步朝布夏走去，腳下揚起塵土和松脂岩的碎片。

「嘿！」她朝布夏大喊。「嘿！你不能把她丟在那裡。她的家人怎麼辦？她的家怎麼辦？」

「她沒有家。」布夏咆哮，目光從她身上轉向阿里亞娜。

工人轉身，手裡拿著篩子，目瞪口呆看著像野貓一樣對著搬運工嘶吼的女孩。

「你知道這樣不對，你不能這樣。他們都快死了。一個一個倒下，並且為了什麼——為了墨水？他們連工資都沒有。」

奧拉朝地面吐了一口口水。

「我媽媽用橡樹蟲癭做的墨水都比這個好。」

布夏怒視她，眼睛突然瞪大，顯然認出了奧拉。

「你怎麼會到這裡來？」他咆哮著。

工人開始聚集，想看看究竟是什麼引起騷動。奧拉發現自己被一群人包圍著。

「那不是奧拉・卡森嗎？」

「她媽媽來過弗利特沃特——」

「伊莉莎白，我記得她——」

「她的藥不是一派胡言？」

「不是的——她治好我們的山羊痘；治好我斷掉的手臂……」

「夠了！」布夏試圖擠過人群。數十雙眼睛盯著奧拉。

「卡斯特。」奧拉急忙說道。「卡斯特逃走了，一路逃回家鄉荊棘溪，告訴我們這裡發生了一些不好的事。他逃離了這個可怕的地方——他知道他必須告訴大家疾病的來源。」

「啊，卡斯特？」一個男人說。

另一個人說。「我認識卡斯特！」

「他逃走了。」一個提著桶子的女人說，「往下游跑了。」

人群開始低聲議論，聲音像漸起的風。卡斯特的名字激起他們內心某種情緒，就像森林中的松樹著火，迅速蔓延。

「卡斯特是個聰明的小伙子，他的頭腦很清楚。」

「也許他是對的——」

啪。

布夏在空中揮動鞭子，奧拉嚇了一跳。

「我說夠了！」他大喊。

人群退散。布夏朝他們快步走來，奧拉依然不停說話——語速快得讓她幾乎喘不過氣。她必須告訴他們。

「卡斯特回到荊棘溪，他來警告我們——」

布夏怒氣沖沖伸出雙臂，抓住奧拉的肩膀。他用一隻手臂繞住她，把她從人群中拖走。

「這是不對的！」奧拉大喊。「阿特拉斯根本不會給你們金子，不管他說了什麼。他欠了西港治安官一大筆債，他——」

「回去工作！」布夏喊道。「早就告訴你們，解藥快到了，沒什麼好擔心的。」

「我敢打賭你每天都這樣告訴大家。」奧拉說，「還要死多少人才夠——」

布夏的手緊緊摀住她的嘴。奧拉狠狠咬住他的手指，嚐到松脂岩的金屬味，她吐出一口口水。

「跟我走。」

「不！」奧拉掙扎，試圖擺脫布夏的控制。她不能沒有帶走阿里亞娜就離開。

阿里亞娜似乎讀懂奧拉在想什麼，她走到人群面前，用輕柔的聲音喊話。奧拉一時停止掙扎。

「卡斯特很勇敢，你們也可以像他一樣——你們可以逃離這裡。」阿里亞娜的話讓奧拉感到一股暖意，滿心欽佩。

「我們為什麼要離開？解藥就在這。」

「阿特拉斯說謊！全是虛假的承諾。如果他找到解藥，會免費給你們嗎？不，他只會給西港城的人。」阿里亞娜氣喘吁吁。她在顫抖，渾身溼透，雙手因接觸松脂岩而變黑。

「阿特拉斯根本不在乎你們。」阿里亞娜繼續說。「如果他得到解藥，他依然不會關心你們。但如果是我們先找到解藥——」

「閉嘴！」布夏大喊。奧拉看到他向另一個守著礦場出口的搬運工示意。人群開始竊竊私語，像火花四散般劈啪作響。兩個女人走到阿里亞娜面前，擋住布夏的去路……

「你敢動她試試！」其中一個女人喊道。

「她只是個孩子！」另一人說。

布夏只顧著將她們推開。

「住手，你弄傷她了！」奧拉大吼。布夏抓住阿里亞娜，粗暴地將她從人群中拖走，無視工人的大叫和哭喊。他們的篩子和推車被遺忘在水邊。

布夏在奧拉耳邊低吼。

「去工廠，你和你的小夥伴。」

32

天仙子　　　劇毒致命。

布夏快步帶領他們穿過院子，探照燈在黑暗中閃爍。奧拉感覺得到阿里亞娜在她身邊發抖，像一棵顫動的白楊樹。每走一步，奧拉的心就跳得好快，與機器的咚咚聲和水車的嗡嗡聲交織在一起。當她們越來越接近工廠，聲音也越來越清晰。他們一抵達，布夏伸出一腳踢開門，將奧拉和阿里亞娜拖了進去。

在熔爐的光芒下，奧拉被工廠的規模所震撼。電纜足足有一百碼，從龐大建築物的一端延伸到另一端，橫跨中央走道兩側，不停驅動固定在木框上的鍾子與活塞。這些鍾子與活塞就像巨獸的下顎，不斷升起、落下，撞擊、碾碎，噴出煙霧和粉塵，落在如巨舌般伸展的大型輸送帶上。

布夏帶她們沿中央走道前進，奧拉看著不停運轉的機械：由湍急的水流推動水車，鍾子與活塞將工人鏟到輸送帶上的松脂岩碾碎、敲打成粉末，並送入一個巨大的桶子，攪拌成液體，再利用水龍頭滴入一排又一排的玻璃瓶。

數百個瓶子，賣到西港、荊棘溪，以及更遠的地方。

簡直就是在賣毒藥。奧拉心想。

「快走！」布夏拖他們走向遠處不停咆哮的熔爐。奧拉看到前方有一排人。一開始，她以為他們在火邊取暖。接著，她看到站在隊伍最前面的阿特拉斯，塞勒斯在他旁邊。在他們身後——奧拉倒吸一口氣——那些來自溫室的植物，被掛在熔爐前的一根繩子上，乾癟枯萎。她看到阿特拉斯取下一株植物，遞給塞勒斯放進木桌上的研缽，研磨成液體。阿特拉斯焦躁地來回踱步，下顎緊繃，太陽穴青筋暴起。

塞勒斯攪拌完畢，把深色液體倒進準備好的玻璃杯中。

「第五十七批：**黑刺李**。」阿特拉斯在紙上潦草寫下。

塞勒斯拿起玻璃杯，抓住隊伍裡的第一個工人，一個戴著鏡片破裂的眼鏡、手臂布滿紫痕的男人。

「做你該做的事，喝下去。」阿特拉斯說。男人急切喝下，臉部因為液體的酸味而扭曲。

「他在做什麼？」奧拉對阿里亞娜小聲說著。「他以為他在製藥？他瘋了！那些植物治不了病！」

布夏把阿里亞娜和奧拉推到隊伍的最後面。然而，阿特拉斯沒有注意到她們。他正看著塞勒斯處理下一株植物。奧拉看到他隨意把整株植物扔進研缽。

不久後，「第五十八批：菘藍。」遞給下一個女人。

儘管熔爐散發猛烈的熱氣，奧拉卻打了個冷顫。阿特拉斯專注看著女人吞下。塞勒斯舉起她的手，展示手臂上的紫色線條。

「沒有變化。」他說。

阿特拉斯嘆了口氣，「應該立即見效的。」

奧拉驚訝地看著。很少有藥物能夠立即見效。他為什麼認為這個藥會呢？

塞勒斯取下另一株植物——奧拉瞥見一絲銀光——但阿特拉斯搖搖頭。「不是它。這是雜草。」

他把它扔到木桌上，然後拿起一根帶紫色花朵的木質莖。

「第五十九批：紫藤。」

「他不應該喝那個。」奧拉說。「那是很糟的東西，會損壞你的內臟。」

但下一個人還是喝了。他感到噁心，咳了幾聲，液體順著他的下巴滴落，留下淡淡的藍色痕跡。

藍色。阿特拉斯正在嘗試所有看起來帶點藍色的植物。

他怎麼知道解藥的顏色？

阿里亞娜突然抓住奧拉的手臂。

「伊德里斯。」她將他借給她的外套裹得更緊。

伊德里斯顫抖不已。他的白襯衫沾滿松脂岩，拖著腳步，慢慢向前挪動。

「他怎麼會在這？」奧拉說。

阿特拉斯取出下一株植物，奧拉的血液瞬間冰冷——那株植物的花瓣帶有紫色條紋。

「看。」他說。「它看起來就像**葉圖病**！不可能是巧合。」

奧拉認得那株植物。她記得溫室裡的標籤。

天仙子，劇毒致命。

「第六十批：天仙子。」阿特拉斯宣布。

奧拉看著阿特拉斯用研缽裡的杵磨碎植物，倒入玻璃杯。塞勒斯把伊德里斯拉到前面。

他與其他人相比，顯得個頭很小。奧拉想起他出現在花園的那天夜晚。他只是想幫助他的哥哥。

阿特拉斯舉起杯子。

「這肯定就是解藥！」

「等一下。」伊德里斯說。「等等，我沒有生病。」

「你當然有，小子。」阿特拉斯說。「這裡的每個人都生病了。」

塞勒斯猛拉伊德里斯到桌前。阿特拉斯把杯子遞給塞勒斯。

「不！」奧拉喊道。「那是毒藥。」

阿特拉斯的目光落在奧拉身上。

「哦，」他握著玻璃杯說，「卡森家的女孩認為自己最清楚。你從你媽媽那裡得知什麼秘密，是吧？」

「就算我知道，也不會告訴你。」奧拉說。

「即便是為了拯救這些人？」阿特拉斯說。

「你不是在拯救他們。你在毒害他們！先是松脂岩，然後是這個——你以為你在做什麼？你根本不懂製藥。你把植物從土裡拔起，就像你鑿開那座山一樣——就像你摧毀了這些人生活的地方一樣。媽媽知道如何製藥，你知道她從哪裡學來的嗎？她不是憑空發明的。多年來，人們學會製藥——如果你沒有摧毀他們的土地，他們現在仍然可以。這還不夠——你還在毀掉他們的生命——以賣出更好的墨水、賺更多錢為名？」

塞勒斯緊緊抓住伊德里斯。

「放開他！」奧拉說。

「這男孩欠我一筆帳。」阿特拉斯冷冷回應。「他哥哥同意用工作償還父親的債務，結果他消失了。如果你想救他，就用那本書來交換。搜她。」

奧拉在布夏靠近之前躲開，直直衝向阿特拉斯。他的眼睛、他的灰色髮絲在火花裡閃耀著光芒，彷彿著了火一樣。奧拉像鷹一樣撲向他，將玻璃杯摔在地上。

伊德里斯掙脫塞勒斯，踉踉蹌蹌倒向旁邊的機械——險些撞上一個正在運轉的活塞。

阿特拉斯反擊，伸手試圖抓住那本書。

「把它給我！」他的眼神兇狠，黑色瞳孔特別突出。奧拉依循本能退向熔爐，緊緊抓著書不放。

「你想要這本書？你還想偷走更多東西嗎？不可能。我會燒掉它！」她說道。「我寧願燒了它，也不會給你！媽媽也會這麼做的。」

她的聲音在工廠的屋椽裡迴盪。

機器不斷發出巨大的轟鳴。奧拉告訴自己要冷靜，目光從煙囪移到水車驅動的活塞上。**一定有辦法逃出這裡的**。她心中升起一陣恐慌。

「退後！」阿特拉斯對搬運工喊道。他一步步逼近奧拉，奧拉用顫抖的手將書靠近火焰。「妳永遠不會毀掉這本書，就跟其他人一樣，妳很軟弱。妳緊抓著回憶不放——一個關於妳可憐母親的回憶。她不聰明，她不是科學家，她是傻瓜！以為自己能幫助別人，不求回報的傻瓜！」

阿特拉斯的目光在奧拉、伊德里斯、阿里亞娜和火焰之間遊移。「你們不知道在大人世界裡，什麼是對，什麼是錯。有時候，人們必須受苦，世界才能正常運作。」

「但受苦的人永遠都不是你。」站在陰影裡的阿里亞娜說話了。「受苦的總是那些貧窮的人，為生活掙扎的人。這是不對的。沒有人應該因為口袋裡擁有的黃金而決定了他的一生。」

奧拉深吸一口氣。她不能再讓其他人走上媽媽或卡斯特的命運。她明白了。如果他們找到解藥，那不僅僅是為了隊長和花園，還是為了像卡斯特、馬蒂斯和瑪格達這樣的人。為了那些阿特拉斯毀掉的數百條生命。媽媽早就知道了，這就是她寫書的原因。這不僅僅是為了奧拉；也是為了所有可能需要這本書的人。她看向靠在機器上的伊德里斯，他看起來筋疲力盡，好像失去了拯救哥哥、打敗阿特拉斯的所有希望。這一幕讓奧拉內心的怒火燃燒得更加猛烈。

「你才是傻瓜。」奧拉走近火焰。「松脂岩應該留在地底，你就是無法放手，是吧？你想要更多。開採這些可怕的東西，你害死我媽，現在你對其他人做同樣的事。我不能讓你這麼做。」她把書本靠近火焰，看著書頁邊緣開始捲曲，感受熱氣舔舐她的肌膚。「你把責任推給植物，它們無法為自己辯護——就像那些你強迫在礦場工作的人們一樣。」

「奧拉，不要！」阿里亞娜喊道。「我們需要那本書！」

「不，我們不需要。」奧拉盯著阿特拉斯丟到一旁的植物，閃耀陣陣銀光，像是掉落在地上的銀幣。

奧拉認出那心形的葉子和彎月般的籽莢。她恍然大悟。一路往上游走，她都看得到這種植物。它一直跟隨著她。**媽媽留下了一條線索**。

她轉身面對阿特拉斯：「媽媽知道你不誠實，知道你是個貪婪的騙子。她留下線索揭露真相。現在一切都很清楚！你無法再隱瞞——我們會告訴西港治安官你的所做所為。他會阻止這一切。」

阿特拉斯笑了。「西港治安官根本不在乎我做什麼，只要我能帶給他解藥。他當然也不在乎一個**孩子**對這件事的看法。這就是**生意**——我的生意。治安官和其他人一樣需要墨水。給我那本書，我會確保每個人都能得到一劑解藥。」

伊德里斯朝地上吐口水，罵治安官一些極不禮貌的話。

「你懂什麼，小子？」阿特拉斯冷笑道。「你哥哥是個懦夫；他在礦場待不到一個月，就像膽小鬼一樣逃走了。」

奧拉內心爆怒，怒氣像洪水一樣上漲、咆哮，強大到足以摧毀水磨。阿特拉斯、搬運工，甚至是治安官，沒有人在乎這片土地和生活在這裡的人。

她撲向阿特拉斯，但塞勒斯抓住她的外套，讓她在空中掙扎。

「他不值得，奧拉！」伊德里斯沙啞喊道。

塞勒斯將她甩向桌子，奧拉依然緊握住那本書。她在暈眩中撥開遮住眼睛的頭髮，發現自己在塞勒斯扔到一旁的植物前方——那株阿特拉斯稱作雜草的植物。它的銀色籽莢因為吸收毒素而染成紫色，如同媽媽說的那樣。

奧拉試圖甩掉耳裡的嗡嗡聲。熔爐轟鳴，機械重擊，在一切之外，她突然意識到自己聽見了鐘聲——高亢清亮——伴隨上百人的腳步聲和叫喊聲……

阿特拉斯轉向搬運工，似乎想大聲下達指令。但塞勒斯和布夏並沒有看阿特拉斯。他們聽到建築外的騷動，困惑地望著大門。

布夏走到工廠一側，拉起控制桿。機器發出咚咚聲，斷斷續續運轉，直到砰的一聲停下。大廳陷入寂靜，他們全都聽見了——一群人雷鳴般的聲音。

「我們的黃金在哪裡？」有人喊道。

「他把我們當傻子耍！」另一個人叫著。「他的解藥是謊言！」

「他在毒害我們的家園！」

「拆掉工廠！」

「如果我沒聽錯。」阿里亞娜虛弱地說，「那是大家意識到你欺騙了他們的聲音……」

隨著一聲巨響，大門的鉸鏈鬆脫。

阿特拉斯的臉色變得蒼白。他僵住，雙手緊握，指節發白。他帶著厭惡的神情看著工人，彷彿認為一灘泥水膽敢反抗。

「抓住那些孩子，你這無能的畜生！」他對塞勒斯吼道。

群眾一齊蜂擁向前，在怒吼聲中湧入。他們像潮水一樣襲捲機器，揮舞手上的鶴嘴鋤和鐵鎚，連續猛擊木頭和金屬，各種碎片在空中飛濺；他們用力拉扯輸送帶，直到撕裂成絲帶。

阿特拉斯驚恐地看著。

「你們必須服從！」但他的聲音淹沒在反叛與痛苦的呼喊中。六個女人抓住一輛裝滿碎松脂岩的推車，翻倒它，黑色粉末散落在阿特拉斯腳邊。奧拉曾幫助過的老婦人，匆匆從她身邊走過，手伸入熔爐，點燃一支火把。

「我想著這一刻很久了，沒想到會成真。」

她舉起火把，放到一台機器上，瞬間燃起熊熊火焰。「快離開這裡！」她喊道。

奧拉毫不猶豫。她拉著阿里亞娜，沿走道飛奔，伊德里斯緊跟在後。

她聽到阿特拉斯呼喊塞勒斯。「備馬！去追那些孩子！」

黑煙滾滾升向工廠屋椽。塞勒斯撲向他們，暴動的人群看到建築著火，馬上像退潮的海浪，朝出口逃生。

「這邊！」煙霧在他們周圍旋繞，奧拉咳了起來。離門不遠處有一扇小窗。

她推開窗戶，幫助阿里亞娜和伊德里斯爬出去。他們跳到院子裡，奧拉轉身，最後看了一眼混亂的場面。阿特拉斯拼命想要擠過騷動不安的人群，而塞勒斯和布夏則在尋找他們。

「快走。」她跟上阿里亞娜和伊德里斯的腳步。「去河邊，還沒結束。」

他們在灰燼和煙霧的風暴中艱難前行。他們穿過院子，在建築之間飛奔。經過礦場入口時，奧拉突然停下。

就是它：阿特拉斯認為不過是雜草的植物。媽媽把種子撒遍河岸的植物，從荊棘溪到弗利特沃特，再到因肯布魯克礦場。唯一能在松脂岩中生長，唯一能治癒葉圖病的植物。

銀扇草。

「快點，奧拉！」伊德里斯喊道。「去河邊！」

銀扇草搖曳銀幣般的籽莢，點點紫斑，就像是染上葉圖病的痕跡。就在眼前，奧拉看到葉脈因為吸收松脂岩的毒素，顏色變得越來越深。就像媽媽說的那樣。

「奧拉，**快點**！在他們發現以前！」前方的阿里亞娜不停地喘氣、呼喊。

奧拉的目光緊盯那株植物。就是它。他們需要的植物。

它獨自待在這座山。它有必須完成的任務。

「你留在這裡，繼續生長。撒下種子。讓這座被摧毀的山覆滿植物。我們會證明給阿特拉斯看。」

伊德里斯困惑地看著她。奧拉臉紅了。

「我們不需要這一株。不——我們得回到荊棘溪。回家。」

「回家？」阿里亞娜停在前方不遠處問道。「家裡有什麼？」

「銀扇草。」奧拉說。「我的花園裡全都是它，足夠製作解藥。」

33

銀扇草

（筆記遺失。）

在岸邊，他們找到一排在水流中翻覆、傾倒的搬運船。河水現在是洶湧的激流。當伊德里斯解開第一艘船的繩索時，他得用力拉緊，才能將船拉到岸邊。奧拉和阿里亞娜安全登船，伊德里斯跳上舵手的座位。他的雙腳剛離開棧橋，小船隨即旋轉衝入河道。他們立刻順流而下，因肯布魯克的灰色煙霧消失在他們身後。

「我們做到了！」奧拉邊說邊急忙點燈。

「你說得對。」她轉向阿里亞娜說道。「媽媽故意撒下種子，標記阿特拉斯用松脂岩毒害各地的痕跡，試圖阻止松脂岩毒害河流。我們需要的植物是銀扇草。不在這，在荊棘溪。我們在那裡製作解藥，然後直接送給卡斯特。」

她打開媽媽的書，翻到媽媽畫下銀扇草的那一頁，大大的綠葉和粉紅色的花瓣，旁邊還有籽莢。媽媽標註植物的每個部分，甚至在書頁間壓了幾朵花。但是，沒有任何秘密訊息——沒有隱藏密碼，告訴奧拉如何使用銀扇草製藥。

「我不明白，她沒有寫？」

伊德里斯彎腰查看。

「這一頁縫線不一樣。」

「曾經掉到河裡，縫線鬆開了——哦，等等！」

奧拉的手指沿著縫隙滑下。伊德里斯說得對：縫線似乎不見了。很久以前，媽媽曾教她怎麼做。她在書裡做一個隱藏的口袋。奧拉將手指滑進去，抽出一張紙條、三朵壓扁的銀扇草花，以及三個乾燥的籽莢。

在那張小紙條上，媽媽只寫了一行密碼。

阿里亞娜拿出鉛筆。

「你看。」她指著媽媽的字跡，「大部分的字母都不見了。她只留下每個字母最小的一部分，就像這個是「O」的上半部。必須把它們當成密碼才能認得出來。」

奧拉臉紅了，為之前從未注意過而感到羞愧。

「她沒有在詞與詞之間留空，很厲害。」阿里亞娜一邊說，一邊在字母波浪中畫出各個縱線。「看見了嗎？」

「你好聰明，阿里亞娜！」奧拉驚訝地說。

「來。」她填補字母的空缺。

「上面寫了什麼？」伊德里斯一邊穩定划槳，一邊問道。

阿里亞娜大聲讀出來。「**給奧拉**。然後——哦！這不是字，是配方。也就是說……」

她在媽媽的筆記下方瘋狂地拼寫。

「我不明白。」奧拉靜靜地說。

「這是指示。看起來銀扇草需要和一些化學物質混合，才能提取藥用成分。我們在海德館的實驗室有所有需要的東西。你媽媽曾經用過的，那些也是阿特拉斯製作墨水需要的東西。」

伊德里斯回頭看了一眼礦場。

「奧拉，幫我划船。」他的神情顯得擔憂。「再過不久——」

他的臉垮了下來。

「糟了。」

奧拉順著他的視線看。月亮從雲層中露出，顯現礦場和背後山稜幽靈般的輪廓，以及一艘正快速駛向他們的船。

「他們看見我們了嗎？」奧拉喘氣，不敢再回頭看。

「即使現在還沒，很快就會看見。」伊德里斯說道。

前方河道變直，眼前是一片又長又開闊的水域。他們突然完全暴露，就像第一次離巢的小鴨。

那艘船正朝他們逼近，每分鐘都更靠近。

「塞勒斯。」阿里亞娜驚恐地回頭看。「布夏也在。」

「別擔心。」伊德里斯說。「我們的船更快。我選了最輕的。」

「希望你是對的。」奧拉說。樹木飛快掠過，他們的臉被樹枝刮傷，劃出一道道痕跡。伊德里斯賣力划槳，儘管他的眼睛因為疲憊而模糊，但能為卡斯特拿到解藥的希望，讓他充滿力量。

「抓緊了，我會帶你們到荊棘溪。但這表示我們必須穿過急流。」

34

岩薺

葉子：古老的壞血病療法，特別適合海上航行使用。

他們順著河流飛奔而下，比往上游快上百倍。奧拉聽到身後追捕他們的男人在喊叫，她緊抓住小船，小船就像掠過水面的石頭，飛速前進。

當他們抵達急流迷宮，奧拉屏住呼吸。這些鋸齒狀的岩石曾奪走他們的槳，把他們的船撕裂成兩半。她還記得被拖入水中的沉重感，恐懼隨之湧上心頭。

伊德里斯熟練地穿越急流，彷彿這艘船為他量身打造。小船在岩石間輕鬆穿梭，如同躍起的鮭魚飛升至空中，他們一路向下，衝過白色的浪花。每一個轉彎處都有岩石浮現，就像想要咬人一樣，吼叫、威脅，企圖將他們拉入深淵。水流無情咆哮。「未知森林」的樹木消失無蹤，被熟悉的弗利特沃特薄霧吞沒。伊德里斯不停喘氣，把他們從狂野的急流，引導到平坦開闊的河面。但水流並未減緩。它猛烈推擠，將他們朝弗利特沃特和張開血盆大口的咆哮壩前進。

薄霧籠罩他們，奧拉緊緊抓住背包，將媽媽的書抱在懷中。她不能讓書再次掉入河裡。

昏暗中，某處傳來一聲喊叫。「在前面！」一名搬運工大喊。

在開闊的水面上，那艘船逼近他們。

「靠岸，伊德里斯。」奧拉急切地說。「任何地方都行，不要等到棧橋。我們必須躲起來！」

霧濃得讓他們幾乎看不見河岸。伊德里斯將船頭朝向岸邊，奧拉聽到搬運工划槳拍打水面的聲音。他們非常接近。

阿里亞娜蜷縮在船的中間。經過顛簸的急流，她的狀態看起來不太好。

濃霧中又傳來一聲喊叫。「在右舷前方！」塞勒斯以低沉有力的聲音說道，「全速前進！」

突然間，一道陰影隱約出現在他們身邊。奧拉看到一個尖銳的船頭，像水中的一把箭。塞勒斯那張公牛般的臉盯著他們，那雙大手用力划動船槳。

伊德里斯將槳向右划，試圖超越搬運工、抵達河岸。但水流把他們往下游拖。

阿里亞娜尖叫。塞勒斯就在他們旁邊，靠在船上。

「夠了。」他對奧拉說。「把它給我。」

「滾開！」塞勒斯伸手去拿她的背包時，奧拉尖叫。奧拉撲向塞勒斯，用力打他的手。兩艘船搖晃、撞在一起，奧拉突然感受到水流的拉力，將他們拉近大壩。她能聽到雷鳴般的咆哮聲。

「伊德里斯！帶我們離開咆哮壩！」

「那邊！」阿里亞娜望向昏暗處。「光——朝著光！」

「什麼？」

「在那裡！」

奧拉迅速轉身——阿里亞娜說得對。她看到塞勒斯的後方有一道明亮的綠光——一盞玻璃燈，在薄霧中發出光芒。奧拉看到它閃了一次，然後又閃第二次。

「伊德里斯，快！」

但塞勒斯抓住他們的船，無論伊德里斯多麼用力划，他們都無法掙脫。兩艘船漂向大壩，伊德里斯臉上露出驚慌的表情。

「我不行了！」他驚恐地喊道。「救命！」

奧拉從搬運工的船上抓起一支槳，揮向身後，重重打在塞勒斯的頭上。

他癱倒在甲板上，緊抱著頭。

在他旁邊，布夏驚訝地轉身看著，伊德里斯從他手中奪過另一支槳，把船踢開，讓他們脫離險境。

伊德里斯和奧拉立刻朝綠光的方向划。

對塞勒斯的船來說，已經太遲。水流將他們拉向咆哮壩。驚慌失措的塞勒斯伸手到船外，試圖用手划，但河水流速太快——船失控旋轉，像一片葉子被水流帶走。當搬運工接近咆哮壩時，奧拉看到他們臉上恐懼的表情。布夏大喊、塞勒斯吼叫，船翻過大壩，消失在下面翻湧的水流中。

奧拉深吸一口氣，伊德里斯沒有停下。他用力划槳——現在船與大壩平行——朝綠光前進。

「水閘。」奧拉說。

薄霧中，奧拉看到一個高高的輪廓，手持綠燈。是瑪格達。她招手，指引他們靠近。

「好驚險。」她說。「我建議你們下次要貼近河岸，除非你們想成為魚的晚餐。」

「我們甩掉他們了，對吧？」奧拉說。

瑪格達咬著嘴唇，瞇眼望向咆哮壩。「也許吧。那些搬運工像水獺一樣。你永遠無法確定。拿到了嗎，解藥？」

「差不多了，只需要回到荊棘溪。」

「準備好了！」另一盞綠燈亮起，奧拉看到馬蒂斯站在水閘入口，用背部推開大門。

伊德里斯回頭看了一眼，確定搬運工真的不見了，才將小船駛入。

他們進入水閘，奧拉看到張開血盆大口的咆哮壩，以及破碎、散落在遠處的搬運船殘骸。幾個黑暗的形狀漂浮在水中。

馬蒂斯和瑪格達各自轉動水閘把手，水位逐漸下降。而阿里亞娜不停顫抖。奧拉心想，搬運工讓大家都受到驚嚇，但阿里亞娜看起來特別害怕。當水閘的水排空，奧拉從背包掏出毯子，阿里亞娜感激地接起。奧拉遞給她僅剩的兩顆榛子時，她搖搖頭。

「你們需要補給。」馬蒂斯喊道。「等一下。」

他消失在附近的一間房子裡。片刻後，他扔了一個包裹給伊德里斯。

伊德里斯打開包裹，裡面是一疊餅乾，每塊餅乾中間都有一個像玻璃一樣的彩色糖心。奧拉飢餓地嘎吱嘎吱嚼著餅乾，阿里亞娜還是不肯吃東西。她閉上眼睛，昏昏欲睡地倚靠在船邊。

「你們一定要把解藥帶回來，聽到了嗎？」船到達水閘底部，瑪格達大喊。

奧拉點點頭，望著閘門打開，河水出現在前方。她無法擺脫那種感覺，總覺得搬運工沒有完全消失。

奧拉小心翼翼把破損的背包放在腿上，重新拿起船槳。瑪格達和馬蒂斯向他們揮手告別，奧拉幾乎沒有注意到，阿里亞娜筋疲力盡地蜷縮在船艙裡睡著。此刻，奧拉唯一想到的就是順流而下：穿過他們曾留下一名生病搬運工的沙灘，穿過在枯榆灘斷裂的柳樹，順著蜿蜒的小溪，回到荊棘溪和她的花園。

在他們身後三英里處，阿特拉斯沿著河岸騎馬奔馳，穿過樹林。那匹老馬奮力掙扎，牠的栗色毛髮在汗水和河霧中閃閃發亮。阿特拉斯不斷催促牠向前。他的心思全放在卡森女孩身上。她確實很懂得逃脫，他無法否認。儘管女孩很狡猾，但她知道的並不多。是的，她不知為何把男孩，以及他那愚蠢的外甥女捲入她的遊戲。這都不讓阿特拉斯擔心。就像伊莉莎白的故事重演。他知道一切終將對自己有利。

阿特拉斯飛快經過轟鳴的咆哮壩，抬頭望向弗利特沃特破敗的房屋，看到古老的玻璃小鎮空無一人，他淺淺一笑。是的，一切總是對他有利。

35

白柳　　用於止痛。

聽明的女孩，回家了。
迷失了好久。
回到樹木扎根的大地，回到溼潤的沼澤。
蜘蛛在燈心草上織著網，
莓果熟成，迎接秋天。

感覺就像是從暴風雨中走進屋裡，坐在火爐旁。當他們的船駛進海德館下方小小的木棧橋時，奧拉聽到植物輕微顫抖，一一甦醒，唱起歡迎她回家的歌。她感到身體放鬆，變得柔軟。她踏出小船，腳踩在土地上，轉身朝向她的花園。

聽明的女孩，聽明的女孩！它們呼喚著。
你安全了，它們唱著。安全到家。

奧拉心跳加速。還有機會恢復原狀。

「那麼，走吧。」她說，同時心想為什麼伊德里斯和阿里亞娜還待在船上。

「等一下，奧拉——不！」伊德里斯的聲音比平時高亢。「阿里亞娜出事了！」

奧拉突然感到一陣寒意。她轉身看見阿里亞娜癱倒在船邊，周圍的世界彷彿慢動作移動。阿里亞娜臉上失去所有血色，看起來像蠟製的雕像，頭髮如水草貼在臉上。在那件曾經雪白的蕾絲洋裝袖口下，奧拉看到阿里亞娜的手腕浮現紫痕。

「不！」她驚恐地說。

「奧拉，扶她起來！」伊德里斯跪在棧橋上。

「我——做不到……」奧拉四肢無法動彈。病痕需要幾天的時間才會出現。她怎麼會沒有注意到？

水中的墨汁。植物低語著。**夜裡的刀**！

奧拉突然無法呼吸。彷彿有一隻巨大的手抓住她的胸腔，用力擠壓，直到肺裡的空氣被擠光。她記得阿里亞娜總是拉下她的袖子；她一直在隱瞞手腕上的病痕。

奧拉強迫自己深吸一口氣，顫抖不已。伊德里斯在說什麼——他靠近阿里亞娜，奧拉聽不見他說的話。世界的邊緣開始變得黯淡。看到阿里亞娜躺在那裡，一動也不動……她不該讓她跟來。她不該讓她泡茶，不該讓她幫忙解讀媽媽的書。因為，就像媽媽一樣，阿里亞娜隨時可能消失。

奧拉突然離開小船。伊德里斯喊著她的名字，她開始奔跑。她看到伊德里斯像抱著一株枯萎的植物一樣，將阿里亞娜從船上抱起。而她依舊沒有停下，沿著隱蔽的小徑飛奔。周圍的植物高喊：**幫幫你的朋友，幫幫你的朋友！**奧拉無法停下。她只能跑，逃離恐懼，逃離這個毀滅中的世界——穿過沼澤草地，穿過香桃木。

怎麼了，聰明的女孩？金雀花和酸模喊道。

你要跑去哪？

抵達黑刺李樹籬時，奧拉拼命推開灌木，尋找祕密小路。她無視黑莓灌木的警告，像獾一樣爬過去。她的手臂被刺傷、劃傷，但她不在乎。她跑進花園，停在蘋果樹下，試圖在長長的、顫抖的喘息中平復呼吸。她的心無法停止劇烈跳動，腦中浮現阿里亞娜手臂上的紫痕。淚水從她臉上滑落。

「我不該讓她跟來的。」她啜泣著。「我應該知道她生病了。」

她拉扯蕁麻，感覺刺毛扎進她的手掌。這不公平，奧拉將臉埋進雙手。她一直努力做正確的事——努力尋找解藥——但她所做的一切只是讓朋友陷入險境。她那麼努力想做媽媽做不到的事，結果沒能成功。她不該冒險的，她應該待在花園裡。也許這樣阿里亞娜就不會生病了。

奧拉發出一聲巨大的、帶著打嗝的啜泣，用袖子擦擦臉。

還沒結束。植物說。

「結束了。」奧拉輕輕拉扯她的外套。

蘋果樹在微風中顫抖。

「別管我。」她煩躁地說。

朋友。它們說。

幫助。

奧拉擦去眼淚。

「我知道，你們想幫忙，但我不知道該怎麼辦。」

蘋果樹旁，銀扇草的莖隨著籽莢在風中舞動，沙沙作響。

著手製藥。它們說道。堅持下去！

「太晚了。」她無力地坐在地上，倚靠著一棵樹。「我一個人無法。」

是的。酸模說。你做不到。

終於！苦艾說道。

朋友。蘋果樹應和著。

奧拉又哭了，她對自己這麼在乎感到氣惱。

她拔起一片酸模葉，擦了擦臉。把葉子壓在手裡揉搓，塗抹在被蕁麻刺傷的地方。她用另一片酸模葉擤鼻子，隨手扔進高高的草叢裡。

她身後傳來一陣沙沙聲，一個矮壯的身影。是伊德里斯。

奧拉趕緊擦乾臉。「我跟你說過，不要闖進我的花園。」

「阿里亞娜病得很重。」他說。

「我幫不了她。」奧拉牙齒打顫。她緊握膝蓋，試圖讓雙手停止顫抖。「我做不到。」

「你必須做到。」他言簡意賅地說。

「我幫不了卡斯特。」奧拉抽泣。「我幫不了媽媽。」

「你不打算停止嗎？」伊德里斯的眼睛紅紅的。奧拉懷疑他在找她的路上哭過。

害怕。蕁麻說。

「我不害怕！」奧拉喊道。

「不，你害怕！」伊德里斯說。「你害怕不成功，所以你不嘗試。你害怕信任我和阿里亞娜，怕我們讓你失望，或者去當搬運工。你害怕投入感情，怕我們像你媽媽一樣生病死去。可是，你知道嗎？**我們也很害怕**。」

奧拉的喉嚨哽咽，緊繃又疼痛。

「你知道嗎？一切都可能出錯。人們可能會死——卡斯特可能已經死了，誰知道。我們不能讓這成為害怕嘗試的理由。我們不能因此害怕認識朋友或是幫助他人。我們不應該假裝自己不害怕。這樣做，我們就和阿特拉斯沒有什麼分別。他認為我們不該有感情——認為我們應該像石頭一樣，這樣傷害別人就不會在乎，為了一點金子殺害別人也不會在乎。我不想長大後變成那樣的人，奧拉。」

「我知道你不想。」奧拉用袖子擦鼻子。「你和那些搬運工不一樣。」

「阿特拉斯錯了。」伊德里斯說。「礦場裡的人在乎，他們甚至燒毀工廠。阿里亞娜在乎，她拋下一切，只為了嘗試幫助別人。你在乎你媽媽，但你不必因為無法救她而內疚。當時的你還那麼小。即使現在，我們也必須三個人一起合作，才能明白她所知道的事。所以，不要想著你以前無法做到的。想想你現在能做什麼。」

伊德里斯移開視線，在指間纏繞一小片樹葉。

「搬運工把媽媽埋在森林裡，伊德里斯。」奧拉靜靜說著，望向松林的綠色針葉。「我不知道在哪裡。他們不肯告訴我。對不起，我以為你是他們的人。你絕對不會做出那種事。」

她擦乾眼淚。伊德里斯溫柔地微笑著。

「卡斯特是我唯一的哥哥，沒有他，我無法一個人生活。阿里亞娜是我們的朋友。所以，我再問你一次，你願意幫忙嗎？」

奧拉猶豫了。

伊德里斯和阿里亞娜充滿希望地看著她。要是她讓他們失望了怎麼辦？在花園裡，她記得和媽媽一起製作紫草軟膏，分送給瘀傷和扭傷的村民。她記得怎麼製作洋甘菊藥膏，舒緩溪邊蚊子的叮咬。她還記得怎麼醫治棕色麻雀的翅膀。她們一直都在幫助別人，不是嗎？

她深吸一口氣，直視伊德里斯的眼睛。

「我試試看。」她說。

伊德里斯笑了，他從口袋裡掏出某樣東西，扔給奧拉。

小心！植物喊道。

奧拉迅速伸手一抓，接住一顆梅乾。她掰成兩半，把果核扔進灌木叢，一口吃下果肉。那股酸味讓她感覺稍微有了生氣。

「我們把阿里亞娜帶到海德館吧。」她對著伊德里斯說，感覺身體開始流淌一股暖流。「你去找卡斯特，告訴他一切都會好起來。」

藥物。峨參說。

藥草。蕁麻說。

幫助朋友。大豕草說。

著手製藥。銀扇草說。

36

玲瓏菊

花朵：泡在沸騰的水，冷卻後使用；適用於退燒、頭痛、耳痛。

伊德里斯將阿里亞娜從船上抱起時，她微微動了一下。

「你有帶那株植物嗎？」她低聲說，試圖站起來，卻跌在草地上。

「帶著呢，阿里亞娜。」奧拉溫柔地說，一邊跪下，一邊將阿里亞娜的手臂搭在自己的肩膀上。「我帶著呢，別擔心。」

她試著不看那些延伸到手肘的紫色痕跡。她和伊德里斯一起扶著阿里亞娜，走上通往海德館的斜坡，奧拉將那捆銀扇草夾在背包的背帶間。

保持隱密。河邊的蘆葦說。

悄悄地走。千里光說。

海德館從陰暗中浮現。窗戶裡沒有點燃任何蠟燭，花園沒有被動過。

玫瑰在牆邊竊笑。

又回來了？它們低語。

「沒有人。」伊德里斯嘗試打開前門。門沒有開。

「不。」阿里亞娜沙啞地說。「不可能。母親在這，僕人也在這。他們會去哪呢？」她焦急地抬起頭，望著窗，奧拉看到她的眼白布滿血絲。

牆上的常春藤沙沙作響。

馬廄的門。它說。

「繞到後面，我們會找到進去的方法。」奧拉說。

阿里亞娜緊緊抓住伊德里斯的肩膀，一想到母親不在家，突然顯得更加虛弱。

他們沿著花園的石牆，推開一扇鐵門。奧拉看到整齊的香草苗床，修剪整齊的玫瑰，部分地面土壤裸露、乾硬龜裂。她瞥了一眼馬廄，裡面是空的。隊長呢？

「有一扇地窖門，通往廚房下方。」阿里亞娜說。

他們匆匆穿過馬廄。靠近房子時，奧拉看到更多銀扇草的種子冒出土壤，她想，也許媽媽來海德館時曾播下種子。他們來到地窖的門口，就在廚房窗戶的下方。奧拉拉開木門，扶阿里亞娜進入陰暗的通道。樓上的房間裡沒有一絲聲響——

沒有腳步聲，也沒有老鼠出沒的聲音。

阿里亞娜看起來很擔心，但她沒有時間多想。「他的書房在這。」她在黑暗中帶路，不需要點燃燭光。伊德里斯穩穩扶著她。他們爬上一段嘎吱作響的木梯，穿過一道又一道的門，直到一扇上鎖的房門。

阿里亞娜的手在顫抖，她拿起藏在門框上的髮夾，輕輕轉動門鎖，咔噠一聲，門打開了。

門後，他們看到一個沒有點燈的房間。利用網狀窗簾透進室內的微光，奧拉看見玻璃猶如寒冷早晨的結霜般燦亮。牆上擺滿上千瓶墨水，有藍色、綠色和黑色。她小心翼翼用手指滑過架子。有的墨水顏色像龍葵果實，有的黑如無月的夜空。淡灰色的墨水，看起來像在冰層下旋轉。一切美得令人屏息。奧拉不禁咬唇。阿特拉斯靠著這些墨水過上不錯的生活。但他想要更多。他想比西港的所有人更富有。不管對媽媽、對卡斯特，或甚至對他自己的外甥女來說，代價會是多麼地沉重。

奧拉嘆了口氣。「最好有我們需要的東西。」

阿里亞娜坐在椅子上，花了一會兒時間調整呼吸，伸手拿起鋼筆、墨水和一卷紙。奧拉把媽媽的書放在她面前，阿里亞娜拿出寫有配方的紙條，開始寫筆記。她握筆的手不斷滑動，奧拉可以看到她額頭上的汗珠。

「以防萬一我做不到。」她說。

「你可以的！」奧拉將銀扇草放在書本旁邊。「只要告訴我該怎麼做。」

伊德里斯清理工作檯上的墨水樣品，奧拉站上腳凳，在阿里亞娜的指示下，取出需要的設備。一個大型的玻璃燒杯，完美的透明圓柱，薄得不可思議。一個金屬三腳架，以及看起來像是油燈的物件。阿里亞娜將三腳架放在燃燒器上，將玻璃燒杯放在上方。接著，她點燃火柴，火焰瞬間燃起，藍色光芒照射到房間裡的每一個玻璃瓶上。

「把護目鏡遞給我。」阿里亞娜指著其中一個架子。奧拉幫她戴上護目鏡，光線從細窄的玻璃縫隙中透入，閃爍藍光。

「好了。」她努力戴上旁邊的一雙超大手套。「把那個容器遞給我——不，左邊那一個——還有那個——對。小心——那是易燃液體。」

她停下來喘口氣。奧拉看著阿里亞娜，對她如此熟悉實驗室的一切感到佩服——但她更擔心就算阿里亞娜意志堅定，她隨時都可能昏倒。

伊德里斯協助阿里亞娜測量液體，倒入玻璃燒杯。阿里亞娜仔細查看，再次確認媽媽的筆記，然後指著銀扇草。

「我們需要把種子磨碎。」她說。

奧拉點點頭，剝開輕薄如紙的籽莢，取出圓扁的種子。他們把種子放進研缽，磨成麵粉般的糊狀物。

「好了，退後——不要吸入。」

阿里亞娜用圍巾包臉，熄滅藍色火焰，只剩微光穿透帶霧氣的窗戶。她將銀扇草倒入玻璃燒杯，用金屬棒將所有東西攪拌在一起。

奧拉屏息，像在期待液體會像火藥一樣爆炸。

「很安全。」阿里亞娜看到奧拉擔憂的表情說道，「只需要等它產生反應。」

「什麼？」奧拉驚慌地說。「要等多久？」

奧拉癱坐在凳子上，雙手托著下巴，注視液體冒泡。他們全靠阿里亞娜對媽媽那本書的理解，奧拉開始懷疑是否會成功。

好像過了好幾個小時，液體依然沒有變色。

「為什麼不是藍色的？」伊德里斯問。

「等一下。」阿里亞娜再次攪拌，她的手顫抖，金屬棒碰撞玻璃杯，發出聲響。她再次檢查媽媽的筆記，但奧拉注意到她的眼睛已經難以聚焦。

「阿里亞娜，你還好嗎？」奧拉緊張地問。伊德里斯也臉色蒼白。他不斷朝門口看，奧拉知道他在擔心卡斯特。

「我需要測試。」阿里亞娜輕聲說。

「不安全，我不會讓你測試的！」奧拉說。

她從阿里亞娜手中接過金屬棒，再次攪拌。但仍然沒有變色。

奧拉的心一沉。她眼前掠過整段旅程：從枯榆灘到弗利特沃特，從溫室到礦場。一切都白費了。

阿里亞娜低著頭。奧拉雙手緊握，眼睛刺痛，她努力克制自己，不讓失望的淚水滑落。

「應該會變成藍色。」阿里亞娜失望地重複說著。

伊德里斯踢了一下櫃子，整個玻璃架搖晃。
「等等。」阿里亞娜說。「如果……」
她掃視架子，嘆了一口氣。
「嗯。」
「怎麼了？」
「那個，那邊。其實需要一種染料——紫色的植物。比如黑莓和甘藍……不是成分，而是一種測試。你媽媽知道如果液體變成藍色的，那就是安全的！」
「甘藍。」奧拉回想起媽媽切過的甘藍葉。他們用它製作染料、畫畫——媽媽甚至帶去海德館。
「你在開玩笑吧。」伊德里斯說。
奧拉搖搖頭。
「紫甘藍。」她掃視架子。「在那裡！」
一瓶裝有紫色墨水的大玻璃瓶，寫著「甘藍」，筆跡細細尖尖的。奧拉爬上去，把它遞給伊德里斯。

「只有一滴。」他把瓶子舉到光線下。「夠嗎？」

「希望夠。」阿里亞娜說。

奧拉咬著拇指指甲。這是他們最後的機會——最後一次讓解藥成功的機會。之後，她就沒有其他的辦法了。她祈求，希望媽媽和阿里亞娜知道自己在做什麼。

阿里亞娜將紫色的液體滴入。奧拉屏住呼吸。

液體立刻變成深藍色。那正是她記憶中的樣子：旋轉著，猶如墨水，深藍猶如搬運工的外套。

奧拉幾乎無法呼吸。「安全，試試看吧。」

「先裝瓶。」阿里亞娜伸出手，「我們需要一些給卡斯特。」

伊德里斯遞給她一個玻璃瓶，奧拉幫阿里亞娜把液體倒入瓶中。

「再來一個。」阿里亞娜微弱地將第二個瓶子裝滿。

阿里亞娜拿起瓶塞，猶豫了一下。奧拉知道她在想什麼。**如果他們錯了怎麼辦？如果有毒怎麼辦？**

「你知道自己在做什麼。」伊德里斯說。「我相信你。」

「那就去吧。」阿里亞娜說。「快——從我們來的路出去。」

伊德里斯點點頭，拿著小瓶子跑出去。奧拉聽見腳步聲在走廊迴盪。

阿里亞娜關掉燃燒器，室內只剩下金色的光線。她嘆了口氣，雙手抱頭。

「來吧，阿里亞娜。」奧拉鼓勵她。「沒事的，你會沒事的。喝下吧。」

但阿里亞娜太虛弱了，她的雙手笨拙抖動，差點把藥灑出。染上紫痕的雙臂，無力地垂在桌面上。

「我……」

遠處傳來一聲重響。

阿里亞娜突然露出擔憂的神情。

「前門——那不是伊德里斯。」

「喝吧，阿里亞娜！」

奧拉將瓶子舉到阿里亞娜唇邊。就在她準備要喝的時候，門口傳來「喀嗒」一聲。

奧拉驚跳，瞬間轉身。

門口站著的是阿特拉斯，他手持一把槍對著她們。他的帽子在途中掉落，頭髮被風吹得凌亂不堪。他的目光如鷹，迅速瞄向阿里亞娜手中的瓶子。

「很好，孩子們。」他笑著說。「把它交出來。還有那本書。」

阿里亞娜縮回桌邊，阿特拉斯大步上前，一把搶走她手中的瓶子。她低聲啜泣。奧拉抓起燃燒器，準備朝阿特拉斯扔，但他只是將手槍指向她，從桌面拿起媽媽的書。

「還有你。」他將槍口對準阿里亞娜。「跟我走。讓西港治安官看看你這神奇的藥劑，怎麼樣？」

阿里亞娜看著奧拉，眼神充滿懇求。

「她的身體撐不到西港的，你這個笨蛋！」奧拉說。

阿特拉斯將手槍再次指向奧拉。

「我會開槍。」他將阿里亞娜猛地拉向自己。她像寒霜中的花朵，無力地垂下，幾乎無法站立。奧拉看到她膝蓋發軟，阿特拉斯舉槍，用倒退的方式離開房間。奧拉僵住。怎麼會發生這種事？

阿特拉斯後退一小步，放下手槍，砰地一聲關上門。他隨即轉動鑰匙，鎖門。

奧拉撲門、尖叫。「你這個懦夫！你這個殺人犯！那不是你的東西！回來，你這個怪物！」

但這無濟於事。阿特拉斯消失了，門邊只留下一陣冷風。他離開海德館，逃之夭夭。現在，奧拉被鎖住了。

37

常春藤

沒有藥用價值，但能讓花園充滿生機。滋養上百種昆蟲，在冬季保護蝙蝠的安全。

「一切都結束了。」奧拉滑坐到地上。她失去一切。

她盯著空空的玻璃杯。沒有阿里亞娜，她無法製造更多解藥。她不了解那些化學物質——不像阿里亞娜那樣了解，也不像媽媽那樣。

她絕望地望向外頭。玻璃窗上緊貼一縷捲曲的常春藤。

不要放棄！它呼喚著。

奧拉勉強撐起自己，猛地拉扯窗戶。但窗戶覆滿常春藤，無法打開。

「讓我出去。」她對植物低語。「**拜託！**」

她用盡全力推開窗戶。啪的一聲，常春藤讓開。她爬出窗戶，跌入一片潮溼的花壇，正好看見阿特拉斯在大門，跨上馬背，而阿里亞娜像個布娃娃，軟弱無力地垂在他的前方。

那匹馬瘦骨嶙峋，鬃毛凌亂，毛色斑駁不均。

阿特拉斯騎的是隊長。

憤怒湧上奧拉心頭。他在騎她的馬。

他踢了隊長一腳，馬蹣跚小跑。他們消失在門外，進入荊棘溪的街道。

「讓我過去！」奧拉大喊，從雜亂的花壇中掙扎爬出，飛奔穿過花園。

快點！植物喊道。

快跑，聰明的女孩！

跑啊！

她飛速穿過灌木叢，劃傷了皮膚，撕破了衣服。她勉強能看見遠處的隊長和阿特拉斯，已經在庭園外——在通往村莊的鵝卵石道路上。

「回來，隊長！」她氣喘吁吁地喊著，「是我啊！不許跟他走！」

聽到奧拉的聲音，隊長試圖轉身，拉扯韁繩想掙脫。但阿特拉斯用鞭子抽打，強迫牠穿過狹窄的街道。

奧拉呼吸急促，雙腿灼熱。但她沒有停下，不停奔跑。

「停下！」她喊道。沒有人聽見。前方，隊長在屋簷低矮的歪斜屋舍間艱難地穿行，馬蹄在鵝卵石上打滑。他們拐彎，奧拉從兩棟房屋之間的間隙衝過去，縫隙狹窄到容不下馬和騎手，她就這樣出現在隊長的尾巴後面——邊喊邊喘，咒罵不已。然而，阿特拉斯緊緊抱住阿里亞娜，踢了一腳，隊長跑上主要街道，進入廣場。

繼續追！隱藏在小屋花園的常春藤說。

還沒結束！溝渠裡的酸模為奧拉加油。

上氣不接下氣的奧拉跌跌撞撞進入廣場，經過小教堂和酒館，經過「道森和里德」小店。阿特拉斯此刻在廣場的另一端，靠近兩棟傾斜房屋之間的縫隙，標誌著通往西港路的起點。阿特拉斯正朝那裡前進，他的目光鎖定村莊邊緣的大石橋。他試圖帶阿里亞娜離開荊棘溪。

阿特拉斯再次抽打隊長，但這次隊長抗拒他，甩甩頭。路上有什麼——**某個東西**擋住通往廣場的出口。

奧拉奔跑著，脈搏跳動的聲音在耳邊轟鳴，她越來越接近。兩匹馬站在道路中央，騎手面露嚴肅表情。

是埃利亞斯．道森和卡拉漢．里德。埃利亞斯穿著他的舊夾克，騎在灰色的母馬背上，卡拉漢．里德騎著他那匹壯碩的役用馬。阿特拉斯試圖催促隊長繼續前進，他們停在原地，不肯讓路。

「讓開！」阿特拉斯喊道。

奧拉飛奔靠近。

村民開始被吵鬧聲吸引，走出小教堂和酒館。奧拉滑行，停在瑪麗安．里德身後，瑪麗安的雙臂抱滿蠟條。

「看來你很匆忙啊，長官。」埃利亞斯沉穩地說。他沒有移動。

「我必須前往西港。」他說。「我的外甥女生病了。」

「騎馬到西港要四天。」卡拉漢．里德用低沉緩慢的聲音說，「為什麼不搭船？」

奧拉試圖奮力穿越圍觀的人群。

「天啊，可憐的女孩！」一個聲音喊道。奧拉看到艾格妮絲．道森指著癱坐的阿里亞娜。

「看看她的手臂！」

「他自己的外甥女！」

阿特拉斯看起來有些慌亂。他揚起鞭子，再次催促隊長。阿里亞娜微微動了一下，發出哀嚎。

「停下！」奧拉氣喘吁吁地喊道。「停下，她需要幫助！」

「讓開，你們這些笨蛋！」阿特拉斯說。

「不行！」奧拉奮力擠到埃利亞斯前面。「她需要藥——現在！」

村民們盯著奧拉。突然，她意識到自己在他們眼中會是什麼樣子。自從他們去了礦場，她一直沒換衣服，全身髒兮兮，看起來一定像是流浪漢：奧拉．卡森，那個住在村莊沼澤盡頭破舊木屋的女孩，和她的馬、她的母親一起生活，而她的母親一直都是個騙子……

埃利亞斯仔細打量著奧拉。「你好，奧拉。」他溫和地說，然後轉向阿特拉斯。「我建議你從馬背上下來，監管人。」

阿特拉斯沒有下馬。他反而踢了隊長一腳。隊長發現自己仍被其他馬擋住，驚恐地往後退。阿特拉斯憤怒地一次又一次雙腿亂踢，非常激動，再次舉鞭——

「住手——別再傷害牠！」奧拉試圖抓住隊長的轡繩。

「監管人，冷靜點！」埃利亞斯喊道。「你現在就下馬。」

阿特拉斯的臉漲紅，下顎緊繃。

「我為什麼要聽一個蠟燭匠的話？」他再次舉起鞭子。隊長突然挺直後腿，試圖轉身，但人群已經圍攏靠近，幾乎沒有空間。隊長絆了一下，阿里亞娜滑向一側，群眾倒吸一口氣。

「因為我們擔心那些孩子。」埃利亞斯平靜地說，朝奧拉點點頭。「她和那個年輕的搬運工男孩，失蹤了好幾天。一艘搬運工的船也不見了。你那匹優良的種馬從馬廄消失？更不用說那個可憐的男孩病倒在河邊，完全沒有得到任何幫助——鎮上沒有藥，也沒有船可以送他去城裡治療。」

奧拉驚訝地看著埃利亞斯，他竟然注意到她不見了。在她印象中，埃利亞斯幾乎每天都會經過她的花園。

阿特拉斯停下。奧拉看到他緊握隊長的轡繩。

「讓我們過去。」他說。「我沒時間浪費在這種無聊的事上。」

「我們不是你眼中的笨蛋。」埃利亞斯說。「你告訴我們穀物不安全、不能吃，但你卻賣掉了，不是嗎？你把穀物運到西港，賺了不少錢吧。你說疾病來自野外。但是，這個女孩卻在你家裡病倒了？」

「穀物**真**的有毒。」阿特拉斯毫不猶豫地說。「**燒毀**了。」

人群中傳來一陣低語。

「聽我說！他在撒謊！」奧拉爬上被砍倒的花楸樹樁。「他把疾病歸咎於植物——全是謊言！是他的**墨水**讓大家生病——甚至連他的外甥女也病倒了。拜託，讓我幫她。」

阿特拉斯在馬鞍上猛然轉身。「愚蠢的女孩——根本不知道自己在說什麼！」

「你知道我不是傻瓜。」奧拉怒吼。「我知道我看到了什麼。」

村民們陷入沉默，專注聆聽。

奧拉深吸一口氣。「我們發現了真相。阿特拉斯在弗利特沃特北邊的山脈，開採『松脂岩』——他用它製造墨水。這種墨水有毒。他隱瞞事實好幾年，不僅沒有停止販售，還讓墨水流入海德館旁的小溪。阿特拉斯的防水墨，就是讓植物生病的原因！」

群眾倒吸一口氣。奧拉感到雙腿顫抖——為什麼他們要相信她？她看著阿里亞娜，無力癱在隊長的肩上，阿特拉斯抓牢她的衣裙，指節發白。

「胡扯。」阿特拉斯說。「她在編故事！無知的女孩一輩子沒碰過墨水罐。」

「不只是植物。阿特拉斯的礦場正在毒害上游。」奧拉說。「在弗利特沃特，數百人死去。在西港也是一樣。毒素在水裡，不是在植物裡。」

「完全虛構！」阿特拉斯緊握韁繩，隊長不耐煩地跺腳。「這個女孩根本不知道自己在說什麼！只要採取必要的預防措施，荊棘溪是安全的！」

阿里亞娜的呼吸微弱，奧拉看得出來。

「他要帶阿里亞娜去西港，證明藥物有效，讓治安官和他所有的友人知道，他們不會受到墨水的威脅。他不在乎我們——他不會把藥帶回，也不會把藥賣給我們。他會繼續開採松脂岩，製造墨水，把解藥賣給他在西港的朋友，賺取一大筆錢。」

埃利亞斯和卡拉漢把馬移到阿特拉斯兩側。

「我們要求你下馬，監管人。」卡拉漢說。「不會再說第二次。」

「全都是謊言！」阿特拉斯說。奧拉看見他緊握韁繩。他知道自己被困住。但他還是沒有下馬。

「可恥！」旅店老闆喊道。

「毒害自己的外甥女！」艾格妮絲大聲說。

「可憐的女孩。」瑪麗安邊喘邊說。「誰來幫幫她！」

立即有五雙手伸出，輕柔地將阿里亞娜從馬背上抱下。奧拉看到艾格妮絲將她放在地上——她一動也不動。奧拉從花楸樹樁上跳下，但卻無法接近阿里亞娜，隊長和阿特拉斯擋在面前。村民們湧向阿特拉斯，無數雙手拉扯，爭先恐後試圖將他從馬背上拉下。

阿特拉斯臉色發白，驚慌失措迅速猛拉馬勒，試圖迫使隊長穿過人群。奧拉知道他錯了。隊長討厭別人拉扯馬勒。牠突然弓背，將後腿踢向空中，阿特拉斯被震得向前傾倒，緊抓隊長的鬃毛。接著，隊長低下頭，阿特拉斯狼狽滑落在地。隊長鼻孔噴氣，跨過阿特拉斯蜷縮的身體，鼻子輕輕觸碰奧拉胸口，仔細嗅聞她的外套，想知道她去過哪裡，帶了什麼好吃的。

埃利亞斯和卡拉漢立刻下馬。卡拉漢將阿特拉斯扶起，將他的雙臂反扣在背後，埃利亞斯抓住隊長的韁繩。奧拉急忙跪在阿里亞娜身旁。

「有個瓶子，在他的口袋裡。」她對埃利亞斯說。「還有一本書——我媽媽的書。」奧拉說。

阿特拉斯怒視奧拉。「治安官會知道這件事的，關於你和你母親對我造成的損失。」

「別理他。」奧拉的手伸向埃利亞斯。「那個瓶子——是她需要的藥。」

阿里亞娜此時面無血色，就快要撐不住了……

埃利亞斯在阿特拉斯的外套口袋裡翻找，取出一個小玻璃瓶。

他默默將瓶子遞給奧拉。阿特拉斯低吼。

奧拉拔開瓶塞，輕輕托起阿里亞娜的頭。

她非常小心地將瓶口貼近阿里亞娜唇邊，一滴藍色液體流淌。

「快醒來。」奧拉握著阿里亞娜的手。

解藥。排水管下的野草說。

希望。水溝裡的虆縷說。

聰明的女孩。鵝卵石間的苔蘚說。

人群靠得更近。奧拉屏住呼吸，輕輕抱起阿里亞娜。如果解藥無效，該怎麼辦？

阿里亞娜微微動了一下，但沒有醒來。她手腕上的脈搏微弱得像小鳥的心跳。

奧拉擦去臉上的淚水。「拜託，阿里亞娜，一定要好起來。」

「看！」卡拉漢喊道，同時仍然抓著阿特拉斯。「看，她手臂上的痕跡！」

奧拉的手從阿里亞娜的手腕上移開。就在剛才感覺阿里亞娜脈搏的地方，紫色的線條開始消退，就像退去的洪水。

「起作用了。」

38

薺菜

酊劑：將新鮮或乾燥的藥草浸泡在沸水中；將棉布浸入藥液中，用來止鼻血。被稱為「母親的心」。

人群中傳來一陣低語：「起作用了，女孩會活下來！我們都會活下來！」

奧拉看著阿特拉斯。他看起來怒不可遏。他憑什麼生氣！

「你應該高興才對！」她大聲說。「你應該為她還活著而高興才對！」

有人跪在阿里亞娜旁邊，為她蓋上披肩。奧拉被憤怒沖昏頭，幾乎無法看清眼前。她努力站起，感覺內心颳起一場颶風：她想要擊垮阿特拉斯，她想摧毀他。

「你才應該染上這種病！應該是你！」她朝阿特拉斯大步走去。「你花了那麼多時間在礦場——受害的卻是那些無辜的人。你應該想到——」

「你應該想到我早就染上葉圖病了吧？」阿特拉斯出聲。

奧拉與阿特拉斯面對面站著。她的胸膛因憤怒而起伏，像是面對野狼的野貓。

阿特拉斯朝她眨眼，冷靜地說：「還好你母親留了解藥給我。」

突如其來的灼痛，像荊棘般刺進奧拉的胸口。

「你從沒想過為什麼我能安然無恙進出礦場？解藥效力強大。一劑就能終身免疫。你不知道嗎？」

不。奧拉心想。**不可能是真的**。

周圍人群開始竊竊私語，一場風暴正在醞釀。奧拉回想起媽媽給她解藥時，一道黑影在後方移動。那是一個戴著寬邊帽的身影，就像阿特拉斯的帽子。

阿特拉斯**曾**經得過。並且他在媽媽找到解藥時現身過。

「可惜，剩下的解藥不夠用。」他說。

奧拉感覺腳下的地面彷彿崩塌，視線邊緣逐漸變得黑暗。

「是你偷的。」她吼道。「你**偷**了解藥！」

「拿出證據啊。」阿特拉斯厲聲說道，髮絲被風吹到臉上。奧拉看見卡拉漢的肌肉緊繃，他正用力壓制阿特拉斯。

「她絕對不會選擇**救你**！」奧拉喊道。「她絕對不會選擇救你，而不救她自己。她不相信你會製造解藥！」

「是嗎？」阿特拉斯說。「她知道自己來不及了——她需要一個擁有金錢、智慧和影響力的人來製藥，分發出去！她看到了我的價值。她希望我去完成她無法做到的事情。」

有那麼一瞬間，奧拉幾乎相信了。媽媽很善良。媽媽確實想要盡可能拯救更多的人。

「放開我。」阿特拉斯想從卡拉漢的手中掙脫，「我可以帶你去海德館，證明這女孩在撒謊。我會告訴你解藥是怎麼製造的。我知道所有細節——我什麼都知道。」

「你在撒謊！」奧拉說。「你等待時機，直到確定媽媽的藥對我有效，就把它偷走。你原本可以等待的——你原本可以讓她救自己，也救其他人。她想回弗利特沃特，你不讓她回去。因為她要揭發你所做的一切。就像你試圖把阿里亞娜送到西港城，為了隱瞞她的病情。」

就在此時，阿里亞娜動了一下。奧拉看見艾格妮絲用披肩抱著她。

「但還是太遲了。」她繼續說道。「媽媽沿著河岸撒下種子，種子能清除土壤中的毒素。現在，你的礦場已經不存在了，種子會發揮作用。你應該感謝我媽媽救了你的命，但你回報她的卻是竊取她的知識，向垂死的人榨取錢財，還把她像垃圾一樣丟進森林裡。」

「胡說八道！」阿特拉斯小聲說道。

「我說的是實話！而且我可以證明。我需要那本書。」

卡拉漢將手伸進阿特拉斯的大衣口袋，奧拉看到阿特拉斯腰帶上的手槍握把，以及金屬反射的光芒。卡拉漢將書本交給奧拉，奧拉翻到最後幾頁，指著阿里亞娜解開的密碼，展示給人群。

「媽媽用密碼寫下解藥，為的就是不讓他看懂。如果她真的信任他到願意救他的命，她就會毫無保留把這本書拿給他看。密碼是阿里亞娜解開的……」

埃利亞斯從口袋裡拿出一副金屬細框眼鏡，戴在鼻梁上。

奧拉轉身，再次面向阿特拉斯，她的心砰砰直跳。「寫得清清楚楚。媽媽完全了解你對松脂岩的使用。如果不是因為你，她現在還活著。」

人們屏住呼吸。埃利亞斯從眼鏡上方看著奧拉，但她無法讀懂他的表情。萬一，一切最終徒勞無功呢？

「你知道嗎，你媽媽曾經救過我。」埃利亞斯一邊說，一邊將書遞給奧拉。

「我曾經把腳卡在陷阱裡——我知道，那很愚蠢——我的腳開始潰爛。她每天都來探望。而艾格妮絲——」

「她協助我熬過那場嚴重的高燒。」

「她教我種植鼠尾草，教我用它泡茶！」另一位婦人說。

「她治好了我馬兒潰爛的馬蹄！」

「她在阿里亞娜出生時救了我的命。」一個輕柔的聲音說道。

奧拉轉過身。聲音聽起來很熟悉，比她記憶中的更微弱、無力，是很久以前她在廣場小學聽過的聲音。那是約瑟芬·克勞，她穿著一件長長的白色連衣裙，裙擺拖過村莊的泥土。站在她身旁的是伊德里斯，眼眶滿是淚水。

「伊德里斯！」奧拉說。「你怎麼沒有和卡斯特在一起？發生什麼事了？」

還未等到伊德里斯回答，約瑟芬·克勞已經跪在女兒身旁，輕撫阿里亞娜的捲髮，用披肩緊緊裹住她的身體，親吻她的臉。奧拉感覺自己的淚水湧上。她想念媽媽——她非常想念她。

一隻手搭在奧拉的肩膀上。是伊德里斯，他彎下身，臉上滿是淚痕，但眼神閃爍喜悅與如釋重負的光芒。

「他沒事了，奧拉。卡斯特沒事！約瑟芬一直在照顧他。解藥奏效了。」

村民陣陣低語。奧拉看向人群：從搖著頭、滿臉憂傷的艾格妮絲，到對阿特拉斯投以冰冷目光的屠夫。或許，他們並不像表面上那樣憎恨媽媽。

接著，約瑟芬開始對人群說話。

「我們不應該聽他的話！」她的聲音一開始很輕，隨後就像風暴逐步穿過樹林，越來越響亮。她怒視阿特拉斯。「因為他，我失去了丈夫，也因為他，我們失去了伊莉莎白。現在，他竟然還拿我親愛的阿里亞娜和卡斯特的性命去冒險？他是個怪物。」

她看向奧拉和伊德里斯。奧拉從她的眼中看到和阿里亞娜相同的勇氣與堅韌。約瑟芬受過傷害，阿里亞娜也是。她們心中依然保有一絲火花，奧拉突然對她們產生強烈的欽佩之情。

「這些孩子做到我無法做到的事。他們揭露了真相：伊尼紹文・阿特拉斯正在摧毀這個村莊。伊莉莎白曾試圖警告我們。但我們沒有理會。我們早該將他驅逐。是不是，奧拉？」

人群傳來低聲附和。奧拉深吸一口氣。她能聽見松樹微微顫抖，柳樹隨著漸起的微風搖曳，雨水沿著沼澤，流入逐漸湧上的潺潺溪水。

出去，**出去**。水蘊草低語。

離開。蕁麻生氣地小聲說著。

奧拉點點頭。

植物希望阿特拉斯離開。

村民也是。

「把他帶去西港。」他們喊道。「他必須接受審判！」

「讓我來對付他！」另一個人喊道。

「不能逍遙法外！」

人群如同洪水般越逼越近，他們的聲音匯聚成雷鳴中的海浪。奧拉看到阿特拉斯眼中閃現的恐懼，那是一種完全的驚慌，就像落入陷阱的狐狸。阿特拉斯知道自己輸了，他害怕了。他猛然一扭，掙脫卡拉漢的束縛，狼狽穿過人群，推開隊長，推開伊德里斯，一路跌跌撞撞。

「不！」奧拉喊道。「攔住他！」

但他逃走了，朝通往西港城的道路狂奔——彷彿河流在身後洶湧追趕，阿特拉斯飛速逃離村莊。

39

蕁麻

葉子：可用來泡茶。纖維堅韌，可纏繞製成細繩、纜繩及漁網。

奧拉衝進人群，奮力掙扎，拼命推擠，追趕阿特拉斯。

往橋那邊跑！樹籬中的山毛櫸喊道。

快點，再快點！薊大聲呼喊。

奧拉心跳加速，向橋奔跑。她漸漸逼近阿特拉斯——他抵達橫跨溪流的高大灰色拱橋，奧拉緊跟在後。阿特拉斯在橋邊打滑、停住，眼睛盯著橋下。奧拉就在他的後方，在他試圖攀爬石牆時撲向他。她不能讓他逃走。

「你敢！」奧拉喊道。她第一次抓他時失手了，他正在爬過石牆，目光鎖定停泊在橋下的一排搬運船。

「我不會讓你逃走！」她喘著氣說。

阿特拉斯突然轉身，抓住奧拉的衣領。頃刻間，她被懸在半空，阿特拉斯將她舉到翻騰的水流上。

救救她！植物喊道。

救救這女孩！

奧拉奮力掙扎，阿特拉斯牢牢抓住她，眼睛向下怒視。

「你想怎樣，把我扔下去嗎？」她的火絨盒從口袋裡掉出，直直墜向水中。

「妳讓我失去一切。」阿特拉斯說。「正如妳母親希望的。」

奧拉低吼，扭動身體，試圖掙脫。但阿特拉斯更用力抓住她。橋下，搬運工的船隻在洪水中互相碰撞。如果她掉下去，不是撞上船，就是掉進河水。她不知道哪一個比較糟。沒有人能在洪水氾濫的溪水中倖存。她的腦袋一片空白。植物在咆哮，蕁麻在呼喊，河裡的野草……

我們需要妳，聰明的女孩！

放了她，放了她！

奧拉喘氣。她無法呼吸……

「或許應該像她一樣被丟到野外。」阿特拉斯的目光瞥向水面。「這個世界容不下妳這樣的女孩——」

奧拉踢出一腳，阿特拉斯發出一聲慘叫。在那一瞬間，奧拉的思緒清晰。她伸手去摸阿特拉斯的腰帶，找到她要找的東西：他的手槍。她從槍套拔出手槍，試圖回想阿特拉斯在海德館曾做過的動作。**應該有個卡榫……**

但阿特拉斯已經向前傾身，目光盯著河水，下定決心。

「再見了，奧拉．卡森。」他說。

槍發出「咔噠」一聲，阿特拉斯僵住。

「哦，我可不這麼認為。」奧拉說。

「你不敢開槍。」阿特拉斯說。

奧拉的手在顫抖。也許他是對的……

「她不敢。」一個低沉沙啞的聲音說道，「但我敢。」

又是一聲「咔噠」——這次更響亮。

奧拉費力轉頭，看見塞勒斯龐大的身影。他的外套溼透了，雙眼比以前更加泛黃。他站在橋的中央，手中的獵槍對準阿特拉斯。

阿特拉斯往後退一步，離開石牆邊緣。奧拉扶牆站直，沒有放下手中的槍。

阿特拉斯舉起雙手投降，目光在塞勒斯和奧拉之間遊移。

「退後，乖孩子。」塞勒斯說，「他是我們的了。」

「慢著，塞勒斯。」阿特拉斯努力讓自己的聲音聽起來平靜。「我有錢，也有解藥！讓我帶你去西港，我們可以和治安官見面，事情可以解決。」

「我不相信。」塞勒斯說，「你拖太久了。我們不在乎治安官。你們沒什麼兩樣。你不了解我們的生活方式，他也一樣。我們受夠了聽命行事，要另謀出路。你等著看吧，只要你還在，就別想要找到願意踏進荊棘溪的搬運工。」

橋下傳來一聲叫喊。奧拉看到布夏渾身浸溼，狼狽不堪。正如瑪格達警告的，他也從咆哮壩活了下來。他的目光如野狗般兇狠，緊盯阿特拉斯。在他身邊還有六名奧拉依稀認得的搬運工，那些曾在荊棘溪和其他地方跑船的人。

「我可以付錢。」阿特拉斯低聲說，「我可以付錢給你們所有人。」

塞勒斯停頓一下，似乎在考慮。隨後，他大步向前，向阿特拉斯伸出手。

奧拉嘆了口氣。

「我就知道你會改變心意。」阿特拉斯瞇起眼睛。

「是嗎？」塞勒斯說，「那你根本不了解我們。」

塞勒斯動作迅速，將阿特拉斯拉向前，甩向石牆。

阿特拉斯搖搖欲墜，眼睛睜得大大的，望著下方溪水。他無助地揮動雙手，試圖穩住。但塞勒斯就在他身後。

「讓我們看看你是不是防水的。」他隨後用力一推，將阿特拉斯推下橋，摔入翻滾的水流。

奧拉倒吸一口氣，衝到石牆邊往下看。

阿特拉斯不見蹤影。

塞勒斯低哼一聲，朝地上吐口水。他沒有看奧拉，只是向下方那些搬運工點點頭，搬運工也對他點點頭。

奧拉跪倒在地，精疲力竭。她的手指觸摸到橋上柔軟的苔蘚。她閉上眼睛。阿特拉斯消失了，荊棘溪終於安全了。

河邊，她聽到搬運工開始唱起歌。歌聲起初輕柔，與苔蘚和山毛櫸的低語、河邊的蘆葦，以及搖曳的松樹交織在一起。他們解開船纜，啟程順流而下，詠唱的聲音越來越響亮。

牠死了，那匹狼，
那匹我們一直追捕的狼。
冬天，在冬天，
雨不停落下。[3]

3 編注：搬運工詠唱的詞句，也是以法文撰寫。

40

繡線菊

散布於屋內，增添明亮與輕鬆愉快的氛圍。香氣宜人，用於飲品，有助於舒緩胃部不適。根部可製成黑色染料。又稱「草地皇后」。

黎明時分，鳥兒開始在黑刺李樹籬間梳理羽毛，奧拉醒來，走出屋外，查看花園。她仔細巡視每一株植物，檢查哪些受到傷害，哪些安然無恙；哪些生長良好，哪些消失不見，哪些需要額外照料。有些植物被砍斷、踩踏，大多數依然堅韌地成長，跟她說不必擔心，還纏著她檢查蚜蟲，要她阻止隊長靠近它們的新葉，而黑斑都已逐漸消退。

奧拉檢查完花園，開始整理木屋，很快地一切看起來就像阿特拉斯從來不曾來過。她燒了一盆水，在火邊將自己擦洗乾淨，如同媽媽希望的那樣。隨後，她穿上髒兮兮的馬褲和外套，因為她還是奧拉，總是不喜歡洗衣服。

她累得沒力氣做早餐，秋天的李子已經成熟，沒有人偷。隊長在長長的草堆中四處嗅聞，試圖找到那些掉落的李子。奧拉從河岸拔起一把薄荷，轉移隊長的注意力，隊長高興地嗅聞。隊長在李子樹下打盹，奧拉梳理牠的鬃毛，清理牠的馬蹄。她很高興看到松焦油確實發揮作用，隊長的馬蹄沒有任何腐爛的跡象。隨後，奧拉爬上隊長的背，這樣她就能摘到那一串串紫色的李子。她將頭靠在隊長的肩上，一邊抱著牠那溫暖而沾滿灰塵的身體，一邊吃著李子。隊長舒展一口氣，慢慢咀嚼野草，小心翼翼移動，生怕驚擾背上的奧拉。奧拉的手腳自然地垂下，心想：花園已經重生。沒什麼能阻止花草繼續生長。

過了一會兒，奧拉爬上一棵蘋果樹，眺望村莊。她看到伊德里斯在河邊，將漁網撒入水中。

「太好了。」她順著樹幹滑下地面，去拿昨晚準備好的包裹，匆匆沿著小路走向伊德里斯位於河邊的家。

「他還在捕魚嗎？」她問香蒲。

在水邊。它們回答。**用蕁麻莖編網，紡成線。**

「很好。」奧拉走近那間小屋。她之前沒有注意到，房子的茅草屋頂長滿了植物，看起來就像是河岸的一部分，快樂地向著陽光生長。

她輕輕敲門，悄悄走進。伊德里斯說過她隨時可以過來，沒有說一定要他在家。

「有人在嗎？」她輕聲說，「卡斯特？」

卡斯特安靜地睡在火爐旁的床上，奧拉的到來讓他睜開了眼睛。奧拉小心翼翼地將包裹放在床邊，注意到他手臂的紫色痕跡已經消退。他看起來仍然憔悴瘦削，但藥效顯然發揮作用。

「來。蜂蜜膏——來自埃利亞斯的蜜蜂。馬鞭草茶。一些全麥麵包，可以搭配燻魚。還有些紫草，用來治療瘀傷。給你。」

她緊張地回頭看，擔心伊德里斯回來。她還不習慣被看到她關心別人的模樣。

卡斯特微微一笑。

「謝謝。」他沙啞地說。「謝謝你幫助伊德里斯。」

屋頂上的蘆葦在歌唱。

朋友。它們說。**家人**。

奧拉輕拍包裹。

「是他幫了我。」她說。

卡斯特聳聳肩。「在荊棘溪，我們得互相幫助。」他說，彷彿是這世上最理所當然的事。

回到花園，奧拉拿起媽媽的書，走到水邊她最喜歡的草地坐下。空氣中瀰漫溼氣，像荊棘溪一直以來的天氣，但那天下午的陽光格外明亮。花園裡的最後一批花——秋天真正來臨前最後綻放的花——正仰頭迎向陽光。打開書本時，奧拉很是驚訝，即使到了現在，她還是沒有讀完所有的內容。書中有這麼多的藥草療方，這麼多關於世界的秘密。她用阿里亞娜製作的密碼，解讀那些潦草的符號，感覺就像媽媽在她耳邊低語。

她想起黑暗的礦場和弗利特沃特空蕩蕩的街道，有一個地方始終在記憶裡揮之不去：那座溫室。她不禁思索，媽媽是怎麼把那些脆弱的玻璃運過河流、穿越森林——還是，那座溫室早在很久以前就是弗利特沃特的人建造的呢？她真希望自己有機會問媽媽那些植物是從何而來。想到阿特拉斯在她再次造訪之前，就摧毀了溫室，她感到一陣悲傷。

翻閱書頁，她發現一幅用墨水筆描繪溫室的圖畫。不知怎麼，媽媽讓畫中的玻璃看起來閃閃發光：奧拉翻動書本，玻璃彷彿反射陽光。畫裡，媽媽還描繪一些奧拉曾在溫室見到的植物：附子草、木曼陀羅、顛茄……

翻到下一頁，奧拉注意到一段潦草的文字，這是之前沒有讀過的；她當時並不知道媽媽用密碼寫作。她以阿里亞娜的方式解密，對著植物大聲朗誦：

人類與植物共存的時間，與人類的歷史一樣久遠。植物在暴風雨中庇護我們，製作我們的衣物和捕魚用的網，提供藥物和居所。數千年來，它們始終守望著我們。在這個廣大且充滿危險的世界，我們該如何庇護它們？我們要如何才能真正保護它們？或許，從建造一座溫室開始。它或許無法容納高大的紅杉，無法遮蔽廣袤的森林，但它也許能夠承載那些孕育新生命的種子。

奧拉闔上書本，望著蜻蜓在水面飛舞，閃爍藍色和綠色的光芒。媽媽從未停止想像新的可能。即使村民蔑視她的藥方，阿特拉斯否定她的目標，她依然繼續夢想著溫室——夢想能找到一種方式幫助周圍的人。她始終相信科學、植物和醫藥，能幫每個人過上更好的生活。

奧拉感到一陣悸動，一種就像植物向著陽光生長的感覺。她曾為媽媽感到深深的悲傷，滿滿的憤怒。她知道這些情緒永遠不會完全消失。現在，有什麼正在從悲傷中萌芽，就像一粒剛發芽的種子。一種像是希望，又帶點驕傲的感覺，好比想法乍現的火花。

她花了一下午整理花園：在李子掉落前採收，掃清門廊，將常春藤重新固定在適當的位置。她不時滿懷期待，望向大門，希望不久後有人來訪。

在接近傍晚的光線中，奧拉看著一群金翅雀在花園盡頭啄食。牠們驚慌地尖叫、振翅，像金黃色的雲朵突然消失。奧拉露齒而笑。小路上，有人來了。

奧拉正在清洗一把李子，門口傳來陣陣呼喚。是伊德里斯和阿里亞娜。伊德里斯沒有洗漱，也沒有換衣服，阿里亞娜穿著棉布洋裝、戴著帽子，看起來潔淨明亮。奧拉打開大門，小心確保黑莓灌木沒有勾住阿里亞娜的裙子，伊德里斯帶她進入花園。

他們坐在陽光下的野草上，大快朵頤吃著甜如蜂蜜的李子。不一會兒，伊德里斯和奧拉身上都沾滿了李子汁，阿里亞娜的洋裝卻奇蹟似的沒有弄髒。

「你們知道嗎，每顆李子裡都有一條毛毛蟲。」奧拉說。

「那還挺有趣的。」阿里亞娜說。「是蛾嗎？」

奧拉點點頭，舔了舔手指上的李子汁。

伊德里斯皺眉，開始更加小心翼翼。

「等卡斯特好些。」他說，「我們會去弗利特沃特。他想見瑪格達和馬蒂斯。我們想幫助他們重建。你可以一起來……」

「我暫時不想出遠門。」奧拉說。「但幫我向卡斯特說聲謝謝。也告訴瑪格達和馬蒂斯，他們可以來這裡，如果他們願意的話。」

「卡斯特真的很感激你，奧拉。」伊德里斯說。「埃利亞斯來看過他了。他說卡斯特可以去他的蠟燭店當學徒，前提是他願意。卡斯特造船很厲害，也許他會朝那個方向發展……等爸爸回來以後……」

伊德里斯滿意地咬著李子，漸漸陷入夢鄉。

「聽起來不錯。」奧拉隨手放了一小塊李子給旁邊的黃蜂。

樹籬傳來窸窣聲，奧拉聽到黑刺李低語，有闖入者。

她踮起腳尖，看到埃利亞斯的頭頂。她認出他的低頂圓帽，旁邊還有艾格妮絲戴的繫帶女帽。他們走到門口，尷尬地望向花園。埃利亞斯帶著歉意，乾咳一聲。

奧拉將手上的李子汁抹在她的馬褲上。「你們在做什麼？」她皺著眉。

阿里亞娜輕輕踢了她的腿。「友善點！」

「如果是為了藥，我們下午會去巡訪一圈。」奧拉說。「如果有人在任何地方接觸過阿特拉斯的墨水，都會優先處理。」

「我們看到你幫了卡斯特，還有這位小阿里亞娜。」埃利亞斯說。「但我們只是想要些鼠尾草。我們來看看你是否願意和我們交換。」

奧拉非常清楚他們家後門台階種了很多的鼠尾草，但她沒有說出口。她勉強向艾格妮絲道了一聲簡短的謝謝，接過半打雞蛋，給他們一大捆鼠尾草。

「曬乾，煎著吃也不錯。」她露出一抹淡淡的微笑。

「謝謝你，親愛的。」艾格妮絲把一個小包裹塞到奧拉手裡，然後匆匆走向村莊。奧拉打開，裡面是蜂蜜餅乾，是她在媽媽去世後不久，和艾格妮絲一起在「道森和里德」小店做的那種餅乾。那時，奧拉曾憤怒地跑開，指責艾格妮絲沒有像樣的花園。如今，奧拉對艾格妮絲產生一種奇妙的親切感，暗自決定改天帶一些花卉種子給她的蜜蜂。

奧拉還沒來得及品嘗，一群村民絡繹不絕來到她的大門，希望用農產品換取花園的植物。最後，奧拉收到一袋又一袋的胡蘿蔔、一束染紅的紗線、一整塊圓形山羊奶酪，甚至還有一隻裝在籃子裡的肥母雞。過了一會兒，她不得不設定限額。

「我可以教你們怎麼種！」她對一群不滿的村民說。「你們快把我的花園掏空了！像蝗蟲一樣！」

阿里亞娜在大門貼了一張告示，寫著如果想要交易，可以明天上午十一點再來，然後幫奧拉把蜂蜜餅乾和奶酪帶到河岸邊的柳樹下。母雞一路跟著她們，啄著餅乾屑，在隊長的腳邊亂竄。隊長看起來一臉困惑。

「我有個主意。」奧拉一邊分著餅乾一邊說。「阿特拉斯毀了溫室。弗利特沃特的植物幾乎無法存活。本來可能治癒百病，但現在正逐漸消逝。我們得想辦法保護植物。」

阿里亞娜拍掉手指上的餅乾屑，母雞追著餅乾屑跑。「需要一個可以保護植物的地方。」她說。

「我覺得我們可以在荊棘溪建一座溫室。」奧拉說。「我們可以種植上百種不同的植物——比花園裡的更多！」

「嗯，我們應該利用海德館。」阿里亞娜果斷地說。「那裡的花園需要修整，而且肯定有一些阿特拉斯不再使用的玻璃。我們可以把他的書房改造成實驗室！母親會很樂意幫忙的，她會的。」她看著奧拉的表情。「她有一些種子——她說是你媽媽留下的。阿特拉斯在的時候，她一直不敢種。」

奧拉臉紅，想到自己之前如何評判約瑟芬和阿里亞娜，認為她們躲在海德館，瞧不起村裡其他人——瞧不起她和媽媽。但其實是阿特拉斯迫使她們和村民分開。

「我們甚至可以寫一本書！」阿里亞娜說。突然，她睜大眼睛，急切地在裙子裡翻找。從口袋裡，她掏出一個包裹，遞給奧拉。「如果你需要好好紀錄藥方，你會需要一支筆。」

「墨水是安全的。」伊德里斯微笑著補充。

奧拉小心翼翼打開包裹。裡面是一支木製的筆，配有銀色的鋼筆尖，還有一瓶裝有墨水的玻璃瓶。她緊握這份禮物，希望自己能告訴媽媽他們的計畫。

「明天來喝茶吧。我們會找到最適合建造溫室的地方。它可以很大很大。」阿里亞娜滿懷憧憬地說。「我可以介紹你們認識花園裡所有的植物。」

奧拉沒有告訴阿里亞娜，其實那些植物會回應她的話——但是後來，她想，如果你願意傾聽，整個世界都會回應你。阿里亞娜理解數字和計算，就好像它們在對她說話。伊德里斯懂得如何用植物織線，如何縫得牢固。埃利亞斯知道如何把蜂蠟製成蠟燭，艾格妮絲會唱歌給她的蜜蜂聽。或許，每個人都有熟悉的「語言」。

他們安靜下來，咀嚼蜂蜜餅乾和奶酪。奧拉聽著河裡的水蘊草。現在有了伊德里斯和阿里亞娜的陪伴，水蘊草似乎比平時安靜了些。但它們仍然在那，陪伴著她，喃喃低語，在水流中旋轉，告訴她大魚正往這裡游，準備捕食小魚。告訴她陽光燦爛地照耀，世界一片明亮，河水一如往常，狂野不羈。即使現在她有了朋友可以聊天，這些聲音永遠不會完全消失。

那天傍晚，奧拉拿著一盞油燈來到花園，膝上放著媽媽的書。在暮色中，那隻新來的母雞興奮地在隊長的馬蹄周圍啄食，植物低聲細語，召喚飛蛾和昆蟲來到花朵。奧拉翻到書本最後的空白頁，拿出阿里亞娜送給她的筆和墨水，開始仔細寫下治療「松脂岩病」的方法。她逐字抄寫阿里亞娜紀錄的藥方，補充自己知道的植物生長地點，以及使用方法。她細緻繪製銀扇草，就像媽媽會做的那樣——每一根細小的絨毛，每一條纖細的莖。她為植物的每個部分，標註名稱及用途。而且，她沒有用密碼書寫。她希望分享自己的發現，讓需要的人都能了解。她一直畫到星星出現，植物在夜晚的微風中輕聲哼唱，沙沙作響。奧拉滿意地闔上封面。書本封面有些磨損，沾有河水的印痕、筆墨的水漬，以及她把書放在草地上留下的綠色污點。植物低聲吟唱夜曲，奧拉拾筆，在封面重新塗繪褪色的書名，讓它清晰顯現，猶如夜空的藍：

植物與它們的藥用

作者

伊莉莎白・卡森

與

奧拉・卡森

在朋友 阿里亞娜・克勞 和 伊德里斯・羅梅羅 的協助下完成

後記
春天的森林

隔年春天的某個早晨，奧拉騎著隊長進入森林，尋找錦葵花，準備與蜂蜜混合，製作阿里亞娜的生日禮物。他們越過淺灘，小魚輕咬奧拉的赤腳。他們漫步在樹林間，隊長一邊走，一邊啃著鮮嫩翠綠的山毛櫸葉。他們沿著蜿蜒的小徑，穿過草叢和高聳的松樹，傾聽新生命生長的聲音。

太陽與春光！犬薔薇向陽光伸展枝條。

醒來吧，冬天的花朵—醒來吧，沉睡的根！黃花九輪草唱著。

在一片山楂樹叢中，隊長突然停了下來。

「這裡沒有錦葵花。」奧拉催促隊長繼續向前走。「繼續走吧。」

然而，隊長跺了跺腳。奧拉低頭看，發現林地中央有一座長滿青草的小土丘，上面點綴粉紅色的銀扇草。

植物對她輕聲低語，奧拉突然全身起雞皮疙瘩。
治癒的手，治癒的植物，治癒的種子。它們說。
安全的種子。它們說。藥用的種子。
奧拉從隊長的背滑下，緊緊抓住牠的鬃毛，顫動的心像是在風中飄逸的千片花瓣。
「媽媽？」
她穿過野草，跪在植物旁邊。她立刻明白隊長帶她來的是什麼地方。這是媽媽的墓，這些植物原本是媽媽口袋裡的種子。
溫柔又聰明的女孩。植物說。
「我們做出解藥了，媽媽。」她的淚水盈滿眼眶。「我們用你的書完成的：我、阿里亞娜和伊德里斯。我們做到了。我們會建造一座溫室，媽媽。用來保護植物，讓村民有足夠的藥用植物。」
奧拉用袖子擦臉，但她無法抑制哭泣。她輕撫野草，想著媽媽埋葬在這片草地裡。她的生命雖然結束了，但從未真正消逝。

「沒有你，沒有你的書，我們永遠無法做到。是你一直保護我們。」

聰明的女孩。植物的聲音讓她想起媽媽。**聰明的朋友**。

奧拉抽噎，擦了擦鼻子。隊長在她身邊的草地嗅聞。

「我有好多話想跟你說。」她躺在隨風搖曳的花葉裡。

時間悄然流逝。她向媽媽描述阿里亞娜和伊德里斯的故事，描述他們如何從弗利特沃特訂購玻璃、向西港的鐵匠訂購鐵器。她告訴媽媽關於瑪格達和馬蒂斯的故事，他們照顧弗利特沃特周圍的森林，一點一滴重建村莊。她看著食蚜虻和日蛾，在墓上的花朵間輕快地飛舞。她伸出雙臂迎向溫暖斑駁的陽光，就像一朵吸收能量的花。不久，陽光變成深金色。黃昏降臨，隊長輕輕踏過林間空地，用鼻子蹭了蹭她的臉。該回家了。

「我會再回來的，等植物結果，長出種子。我會保護它們。我會把一切都和你分享，我保證。」

聰明的女孩。植物齊聲說。**安全的家**。

奧拉輕觸銀扇草的花瓣，明亮，充滿生命力，她感到內心深處的什麼安定下來。像是流動的黃金，像是玫瑰果茶，像是隊長在夜晚時令人安心的鼻息聲。那感覺充滿安慰與溫暖，就像是家。奧拉爬上隊長的背，向植物和媽媽點頭告別，隊長載她踏上夕陽下的小徑。

奧拉心想，這將會是在她一生中不斷重返的小徑。年復一年，花朵盛開，種子萌芽。植物會一直輕聲低語，向願意傾聽的人們訴說訊息。

致謝

人類自從誕生以來，就以植物為藥。許多現代療法源自植物：來自柳樹的止痛藥，取自毛地黃的心臟藥，以及從紫杉樹萃取治療成分的癌症藥物。甚至動物也被發現使用植物醫治自己：例如椋鳥將蓍草放入巢中，驅除寄生蟲，棕熊用歐洲防風草擦拭毛皮、驅蟲。這本書最初為它們而寫：那些為我們提供食物、藥物和庇護的植物。

雖然奧拉的故事設定在類似現代歐洲的世界，鮮少有人使用草藥，但本書深深受惠於世界各地將傳統醫療延續至今的人們——特別是那些保護地球上百分之八十生物多樣性的原住民社群。我們有太多需要重新學習、再次守護的事物。

本書的寫作早在新冠肺炎前就開始，但大部分的編輯與重寫，卻是在全球封鎖、在臨時住所與在運河船屋生活的起起伏伏之間完成的。如果沒有友善的運河社群（尤其是塔拉和米蘭達），以及我在南安普敦的朋友與家人的支持，這本書無法完成。我特別感謝卡羅和維瑞蒂（以及獲得救援的矮種馬傑克和本，牠們的性格賦予「隊長」獨特的個性），感謝你們教我使用草藥，維持馬匹的健康，教我在艱難的情境中，依然堅韌地、有毅力地完成工作。還要感謝納茲寧，為我帶來茶與故事的智慧；感謝傑克陪我進行保持社交距離的足球活動；感謝莎莉．B的建議和鼓勵；感謝喬恩．G，總是在我需要時伸出援手；感謝十月書店的克萊爾、林恩．C和路易莎，在初期寫作階段，看到你們來訪HB船屋，總是令人倍感愉快；感謝史蒂夫在封鎖期間的暫時收留，讓我有機會修剪蘋果樹；感謝弗朗西斯和喬恩始終如一的支持和善意——還有黛布，感謝你作為社區的核心，教會我凝聚人心的意義。

一顆故事的種子是作者誕生的開始。如果沒有這群善良且經驗豐富的「故事園丁」，本書可能只會是一株弱小的新芽，難以茁壯。能夠與兩位睿智的女性合作是我的莫大榮幸：首先，是我優秀的經紀人珍妮．薩維爾，她將這個錯綜複雜的故事，引導成一場充滿生命力的冒險；接著，是我的編輯瑞秋．雷肖恩，她有非凡的才能，能洞察我想表達的內容，幫助我做得更好。感謝Chicken House出版社的所有成員，特別是蘿拉、賈茲和奧利維亞——還有巴里，感謝你看見會說話的植物的魔力。感謝我的文字編輯達芙妮，如此精通於船隻的知識；還有布里斯托大學植物園的安迪．溫菲爾德，感謝你對植物（特別是鳶尾花）的細心關注！感謝瑪麗-愛麗絲．哈雷爾和海倫．克勞福-懷特，為這本書創作令人驚豔的插畫和設計。也感謝我的寫作夥伴安雅．格雷澤，感謝你對蛋糕、對與我討論棘手問題的熱情不滅。

最後，如果沒有我的碩士指導教師——伊蓮．考德科特、C. J. 斯庫斯、喬安娜．納丁和史蒂夫．沃克——這個故事便無法誕生。他們的智慧和教導，讓我對說故事的理解提升到一個全新的層次。因為他們，我將永遠保持學習的心態。

特別感謝在我生命中熱愛植物的人們：感謝海瑟，感謝你熱愛攀爬巨樹和種植植物；感謝蘇珊娜，感謝你與我一起穿梭於金雀花叢隧道；感謝蒂芙，感謝你對長草和野生花園的愛。我還要特別感謝我媽媽，感謝她收藏的藥草書和草本茶；感謝我爸爸，他的口袋隨身攜帶種子，充滿好奇心。最後，感謝多姆，感謝你無限的耐心和關愛，即使我帶著滿身泥土和刺藤回家也毫不介意。

這個故事，讓我還想跟好多人致謝，所以，我想我還要繼續寫上百本書，以感謝所有的你們。

explorer 006

奧拉與花葉：追尋真相的樹葉地圖 The Map of Leaves

作　　者　亞羅・湯森 Yarrow Townsend
譯　　者　李貞慧
副總編輯　林祐萱
責任編輯　陳美璇
校　　對　陳美璇、林祐萱
美術設計　劉醇涵
排　　版　菩薩蠻電腦科技有限公司

國家圖書館出版品預行編目 (CIP) 資料

奧拉與花葉：追尋真相的樹葉地圖 / 亞羅．湯森 (Yarrow Townsend) 著；李貞慧譯．-- 初版．-- 新北市：有樂文創事業有限公司出版：遠足文化事業股份有限公司發行, 2025.03
面；　公分．-- (explorer ; 6)
譯自：The map of leaves.
ISBN 978-626-99004-7-3(平裝)

873.59　　114001500

出　　版　有樂文創事業有限公司
地　　址　235 新北市中和區宜安路 173 號 3 樓 311 室
網　　址　www.facebook.com/ule.delight
電子信箱　ule.delight@gmail.com
電　　話　(02) 8668-7108

發　　行　遠足文化事業股份有限公司（讀書共和國出版集團）
地　　址　231 新北市新店區民權路 108-2 號 9 樓
電　　話　(02) 2218-1417
傳　　真　(02) 2218-1142
電子信箱　service@bookrep.com.tw
郵政帳號　19504465（戶名：遠足文化事業股份有限公司）
客服專線　0800-221-029
網　　址　www.bookrep.com.tw

法律顧問　華洋法律事務所 蘇文生律師
印　　製　博創印藝文化事業有限公司

定　　價　新台幣 420 元
初版一刷　2025 年 3 月

ISBN 9786269900473（平裝）
ISBN 9786269952502（PDF）
ISBN 9786269900497（EPUB）